Matraca

/

Isabel Série

Editora Quelônio

A Mauro, Marcelo, Igor e Beth por sobreviverem.
E a Paula Série, parceira das letras e da vida.

Passava as noites entre orações e a expectativa de notícias.
Ela, que gostava de frases curtas e definitivas, perdeu primeiro
as palavras ordinárias e logo em seguida os advérbios.
Era sujeito simples. Perdeu autonomia.
A ela foi dado o status de oração subordinada.

Mas

30x20x10. Esse tamanho virou um tormento. Tinha um enxoval inteiro para fazer e a lista era uma gincana, com exigências de embalagens específicas e conteúdos com cores exclusivas. De repente, ela descobriu que nem o sabonete que tinha em casa servia para o jumbo. Ou era glicerinado, amarelo e fora da embalagem, ou seria barrado na portaria. Nunca tinha visto tanta ordem junta. As condições para entrar eram um pesadelo.

Começos são difíceis mesmo e escolheu o que pareceu mais simples para a primeira compra da nova fase da vida dos dois. Os itens mais complicados viriam depois, como lençol sem bainha. Precisava prestar atenção nos detalhes porque o padrão era rigoroso.

Bom morar num bairro bem servido de armarinhos como aquele em que vivia. Num raio de cinco quilômetros eram dois grandes, além das lojinhas de miudezas. De modo que estabeleceu uma meta de terminar tudo até o meio-dia. Cogitou comparar os preços. As despesas subiram e era imperativo economizar o máximo que pudesse. Mas não tinha tempo. Conseguiu a lista em cima da hora e tinha pressa em resolver. No primeiro armarinho que entrou foi direto ao setor de utilidades domésticas e ficou embasbacada com a variedade oferecida. Quando foi ver as medidas nas embalagens, estranhou. Sem as referências em centímetros. Achou uma atendente, que espanava o pó dos produtos.

— Por favor, preciso de uma ajuda. Não encontro o tamanho exato escrito na embalagem.

— Porque não tem. A gente vende pequeno-médio-grande, moça. Pode procurar que não tem desse jeito que está pedindo.

— Como não tem? Eu estou com as medidas exatas. Não posso levar qualquer um. Cadê o centímetro? Você tem uma fita métrica? Uma régua? Uma trena? Qualquer coisa pra medir?

Foi com a régua verificar o tamanho, e as medidas eram as mais variadas. Quando tinham trinta centímetros de comprimento, faltavam os vinte de largura. E os dez de altura simplesmente não deram o ar da graça. Havia nela mais espanto que decepção. Armarinho errado, pensou. Devolveu a régua ao balconista e antes que virasse as costas, ouviu: — As xícaras estão em promoção. Não quer aproveitar?

Subiu duas quadras, virou à esquerda e andou até outra loja. Espremida entre a farmácia e a padaria, estava o melhor armarinho do bairro. Viu de cara que o lugar tinha um senso de oportunidade que lhe restabeleceu a confiança. Quando abriu o estabelecimento, o dono olhou para a capacidade dos vizinhos em garantir uma boa calçada, com ponto de ônibus na porta. Depois fez um inventário do potencial. *Crescer com o que te cerca e pelo que se é.* Estava bordado em ponto-cruz num quadrinho bem em cima do caixa. Do lado esquerdo de quem vem da rua.

Os corredores eram imensos de compridos e curtos de largura, com artigos do chão até o teto, escondendo as paredes. Assim que entrou naquele universo de utensílios de plástico, aviamentos e artigos em geral, foi direto atrás do que precisava.

— Mas não tem tamanho? Como é que eu vou saber qual deles tem 30x20x10?

— O que a senhora quer colocar dentro?

— Tem fita métrica? Régua?

— Se a senhora disser o que vai carregar fica mais fácil. Eu acho que essa medida nem existe.

— Claro que existe. A vontade que eu tenho é marcar com caneta o tamanho de cada uma.

— Se estragar a embalagem eu cobro da senhora.

— Embalagem que não informa o principal? Dá licença.

— Principal para quem, dona? Aqui tá escrito que pode ir para o freezer, para o micro-ondas. Agora, tamanho em centímetro não tem cabimento. Só a senhora olha para isso.

A guerra entre os dois estava declarada. Enquanto media, o dono do armarinho também a enfrentava, medindo o destempero dos gestos dela. E isso foi causando uma irritação crescente.

Não deve ser boa coisa o que essa dona quer esconder, pensou, desconfiado. Essa mulher tem um cabresto invisível. Parece uma doida.

— Eu não sou doida.

— Não falei nada. Olha esse que bonitinho! Tá barato. Que diferença faz se tem um centímetro a mais, não é mesmo? Para que uma precisão dessas?

Não respondeu. Foi embora, decepcionada, apreensiva com o avançar das horas. Nos concorrentes menores foi direto ao assunto.

— Tem régua?

— Claro, à esquerda.

— E os *tupperwares*? Ficam onde?

Retomou o trabalho de medição. Furiosa em ver de novo

que a variedade dos potinhos de plástico era mais estética que de tamanho. Florzinha, liso, colorido, transparente. Tampa de vidro, fechamento hermético, saída de ar quente. Mas nenhum chegava perto dos 30x20x10. E era só o que interessava.

Ela media, batia com a régua nas prateleiras.

— Ei, se estragar alguma coisa vai ter que pagar.

— Tem mais *tupperware* em outro lugar? Porque esses aqui não servem para nada. Uma porcaria.

— É a senhora que está procurando uma coisa que não existe. Porque com especificação em centímetro só tem de vidro.

— Quero de plástico.

— Então vai ficar querendo.

— Ah é, vou ficar querendo?

—Você jogou tudo no chão, infeliz. Não tem nada para fazer? Fica só medindo feito idiota. Olha a bagunça.

— É uma louca — repetia o coro dos caixas.

Estava cheia de ter que se explicar, dos interrogatórios. Sentia enjoo só de pensar na obrigação de responder por que os potes tinham que ter as medidas que procurava. E tinha uma razão para não falar sobre a precisão dos *tupperwares*. Sentia vergonha.

***

— Até agora eu acho que já emagreci uns seis quilos, é, eu estou secando depois que me prenderam. Passei por quatro presídios antes de chegar aqui, acredita? Rodei, viu? E tem dia que a comida não desce, não dá, eu não consigo mesmo.Você comeu a carne ontem? Parecia ração, cheirava forte, não estragada, mas forte. Quando é assim eu prefiro ficar com fome, passar mal aqui deve ser um inferno, até injusto com quem está pagando junto, né? Na mesma cela. Eu não me conformo como é que eu vim parar aqui, não me conformo. Não quero pensar nisso. Nem te contei, tive um sonho maluco. Você já sonhou desde que chegou nesse presídio dos infernos?

— Já. Por quê?

— Porque eu não acreditei. Sabe com que eu sonhei? Com a coisa mais besta que tem, a geladeira. É sério, eu abria a porta e fechava, pesada, daquelas que você puxa assim e escuta o barulho das garrafas chacoalhando. Veio um ar gelado, a luz de dentro acendeu, bonita, eu vi as prateleiras com os *tupperwares*: macarronada, maionese. Peguei um pouco e comi, fechei a porta, abri de novo, aí tinha pudim de leite. Acredita que eu consegui até sentir o gosto dormindo? Repeti muitas vezes, abria e fechava a porta da geladeira. E cada vez que eu abria era uma comida boa, acho que é porque eu tava com fome, eu tenho nojo dessa marmita que eles trazem. E com o que você sonhou?

— Com mulher. Geladeira é esquisito, mas a gente não manda nem no sonho, né?

★★★

Ela andava sem paciência. Pegou a faca de cozinha menos afiada e bateu com força para quebrar o gelo dentro do congelador. Quando acertava no centro, atirava na pia uma avalanche de gelo. Limpar a geladeira era a tarefa que mais gostava. Dava um ar de renovação, de vida organizada. Jogar o lixo no lixo era quase uma desforra. Livrar-se do que está podre. Era boa nisso. Até com os ovos. Capaz de separar os que não prestavam mais sem necessidade de quebrar nenhum.

***

— Eu tô te falando. Uma vez ela estava limpando a geladeira e tinha três ou quatro ovos no canto da pia. Eu queria uma omelete e ela me falou: não dá porque estão podres. E como é que você sabe uma coisa dessas sem quebrar a casca? Eu fiquei desconfiado. Abri um dos ovos e veio aquele cheiro de podre, sabe? Até hoje eu não sei como ela fareja coisa ruim desse jeito. No dia em que eu fui preso, ela me disse que sonhou com um beija-flor tentando atravessar uma ventania. Ele não tinha como voltar para se proteger nem força para se manter onde estava. Bateu as asas desesperado. Quando não conseguiu mais, sumiu na ventania. É muita maldade ter asas e não poder voar, não acha?

***

Terminou tarde de limpar a geladeira. Como estava no automático da vida, desligou sem pensar antes de ir procurar os *tupperwares*, como fazia uma sexta-feira sim, outra não. Precisava cozinhar. Arroz, cenoura, feijão. Feijão pode? Porque o que tem molho não pode. Mas feijão tem caldo. Então, acho que pode. Acostumada a pôr nas panelas o que bem entendesse, agora seguia as regras do sistema.

A madrugada chegou quente. Preparou a comida e colocou nos *tupperwares*. Limite máximo de três. Eram retangulares, compridos e profundos. Cabia muita comida dentro. Viu que para encher, só se fizesse uma panela grande de arroz. Azeda fora da geladeira, pensou. O espaço vazio dentro do pote incomodou. Impressão que coloquei resto de comida. *Tupperware* gigante, reclamou. Ainda que menor em relação à instrução que recebeu pelo telefone. Teve a ideia de fazer um bife, cortá-lo em pedacinhos e colocar num saco transparente, em cima do arroz. Assim não mistura, pensou.

E se não puder entrar por causa do tamanho do *tupperware*? Será que eu procurei menos que devia? Se não entrar, eu faço o quê? Não conheço ninguém para tirar a dúvida. Onde é que vende *tupperware* com 30x20x10?

O fracasso no item que considerava mais fácil deu-lhe a sensação que passou a acompanhá-la feito uma sombra: incompetência. Não ter encontrado boa parte dos produtos não causou tanto desconforto quanto a ideia de que poderia tirar dele a comida caseira que tanto gostava. A noite custou a passar.

Ficou no escuro, deitada, com raiva, saudades, sono ligeiro, querendo o dia.

Tinha lua no céu quando levantou. Entrou no ônibus rumo ao complexo penitenciário. Um conjunto de onze cadeias. Logo na frente havia uma guarita para impedir a passagem de carros.

Se essa rua fosse minha eu mandava ladrilhar com palavras de coragem para o meu amor passar.

Mas não era dela. Não era de gente. Era das viaturas, de via-crúcis, de calvário. Das famílias. Dos culpados e, agora sabia, também dos inocentes. Sentiu a perna dobrar como quem fraqueja e quase perdeu o equilíbrio. A ideia de que ele atravessou aquele asfalto de abandono deu-lhe também taquicardia. Era desesperador demais em se tratando de uma pessoa que não cometeu nenhum crime.

A fila nas unidades formava uma corrente humana acompanhando parte do muro. Só que o começo era sempre do lado oposto de quem vinha da rua e isso obrigava as famílias a praticamente darem a volta naqueles prédios gigantes de paredes lisas e o dela com uma faixa amarela. Ela imaginou como devia ser entrar ali na perspectiva de quem vem dentro de uma viatura. O momento em que a chave desliga o motor e a porta de trás se abre. Os presos suados por causa da falta de ventilação.

***

Chegou? Chegamos? Aqui é a prisão? Tudo escuro. Dentro dessa viatura eu só ouço barulho de portão abrindo. É aqui que eu vou ficar? Se querem me colocar aqui dentro, vão ter que me arrastar. Não consigo dar um passo, não consigo, me deixem em paz, me tirem daqui, é um erro me colocarem aqui, que presídio é esse? Onde é que eu estou? Eu sou inocente, ouviu?, inocente. Não me empurra. Eu só quero que alguém me escute. Me escuta você, por favor, não me obriga a entrar, por favor. Calma, não empurra.

***

Uma avenida comprida dava acesso às penitenciárias. Todas do lado direito, exceto uma, em que ficavam os presos que só voltavam no final da tarde porque trabalham durante o dia. Foi preciso caminhar dois quilômetros em uma calçada de cimento margeando um resto de mato que não crescia. As mulheres, em grande maioria, caminhavam carregando pesadas bolsas transparentes. Ela também levava uma.

Na sacola estava o jumbo com o peso máximo permitido de quinze quilos. Parou três vezes na calçada para ajeitar a carga.

Quando as pernas atravessavam a fronteira rumo ao desconhecido, o socorro vinha de uma brincadeira que faziam em família. Ela e ele num duelo infantil provando que uma letra muda toda uma palavra.

— Mexerica não é feminino de mexerico. Vai. Pensa numa.

— Carinho.

— O que é que tem?

— Não é masculino de carinha.

Virou à direita e surgiu o muro de concreto e arame farpado. Grande. Cercava o prédio e de lá de dentro não se ouvia nenhum som. Sem sinal de vida. Deve ser longe desse muro que ele fica, ela pensou. Ficou apavorada em imaginar ali dentro, com gente inocente.

Desviou o pensamento para ver as sacolas. Eram transparentes conforme a instrução. Aproveitou para checar se só ela estava com os potes de plástico errados. De tanto medir nos armarinhos, adquiriu uma precisão rara. Encarou cada um e viu que nem de longe chegavam na medida que lhe passaram por telefone.

— Tira esse olho gordo da minha bolsa. Não tem nada para fazer?

Quando ouviu isso da mulher que seguia à frente, se desculpou.

— É que seu *tupperware* não tem 30x20x10.

A mulher cutucou a outra, que deu uma gargalhada. Depois veio a explicação:

— Foi batizada, amor. Todo mundo passa por isso. Eles fazem de sacanagem. Mandam a gente procurar o que não existe. Tem gente que nem traz a comida porque não encontrou o pote e quando chega aqui, descobre a verdade. Correu muito atrás? Caiu na pegadinha.

Sentiu raiva e remorso da raiva que teve dos donos de armarinhos. Estava claro a partir daquele recipiente de plástico a nova estrutura de poder, em que o *tupperware* era uma figura de linguagem. Se quisessem impedir a entrada da comida, usariam o tamanho da vasilha para isso, fora do padrão exigido. Ainda que não existisse com aquelas medidas.

Como era cedo demais para se abater, afastou a indignação do pensamento e se concentrou no que veio fazer. O almoço estava quente. O refrigerante ainda tinha uma pedra de gelo que atravessava a garrafa pet. Achou que a foto na carteirinha ficou mais bonita que na identidade. Um tremendo desperdício porque não vou usar esse documento para nada que não seja essa portaria com nome de presídio maior que o nome de gente. Nunca pensei.

Agora aguardava o momento do encontro adiado pelas remoções constantes. Durante quarenta e sete dias, ele mudou de unidade quatro vezes. Sem aviso prévio nem comunicação à família. E cada vez que mudava de penitenciária, tinha que passar pelos dez dias de adaptação. Quando estava para completar, mudavam de novo. Foi num dos telefonemas que o agente penitenciário usou uma expressão que nunca ouvira antes:

— Seu ente querido não está aqui não.

Ente Querido.

***

— Conhece alguém aqui?

— Não, senhor.

— Tem alguma treta?

— Não, senhor.

— É homem ou bicha?

— Homem.

— Droga?

— Não. Nenhuma.

— Fala do B.O. com todos os detalhes. E não mente porque o sistema é bruto nesse caso. É a gente que faz a disciplina.

— O senhor também está preso, certo?

— Correto. Os carcereiros não querem ninguém enchendo o saco, é a gente que decide para que raio você vai. Entende? E seguinte: quando chegar na cela vai ficar no boi.

— O que é o boi?

— Chegando lá você descobre.

***

O coração disparou quando chegou diante da portaria que dava acesso à unidade. Minha vez. Apresentou a carteirinha, que foi devolvida assim que o agente viu o nome do preso.

— Mas por que eu não posso entrar? Moço, está tudo certo, não faça isso comigo, o atendente me falou na quinta-feira que eu podia vir. Como? Não lembro o nome dele, só sei que foi o mesmo que me passou a medida do *tupperware*.

O homem tinha pressa que ela saísse da frente e desempatasse a fila.

— Dona, dá licença. Não vai entrar porque a regra não permite. Volte a semana que vem. Oi? Reclama na Ouvidoria, lá eles são pagos para ouvir, eu não, e dá licença. Próxima.

A surpresa foi tão grande que ela não conseguiu sair do lugar. A mulher que seguia atrás precisava passar. A fila, de movimento. Uma outra que aguardava o carimbo no braço para poder entrar, se compadeceu:

— A primeira vez é cheia de surpresas, minha filha. Eles querem ver como você é, se dá escândalo.

— Mas o que eu faço com a comida?

— Come.

— Pode levar com suas coisas?

— Claro que não. E se você colocou droga no meio, amor? Aqui a gente se ajuda, mas não é assim. Não tenha pressa, volte semana que vem. Dali ninguém vai sair correndo.

— A senhora pode levar um bilhetinho meu para ele?

— Você tá louca? E se for código e me pegarem, amor? Não pode. Eu decoro suas palavras e digo a ele. Pode deixar.

— Não precisa. A senhora só avisa que eu vim e não me deixaram entrar? Eu tenho a foto dele aqui na minha carteirinha. É esse aqui. A senhora vai reconhecer?

— Fica tranquila. Os novatos ficam tudo num canto, fácil da gente encontrar. Eu chamo ele e dou um pouco de comida. Sempre trago a mais porque tem gente muito necessitada lá dentro. Ele come com o meu marido. E engole o choro, porque quem vai pagar é ele lá dentro se você causar aqui fora. Faz nove anos que eu venho. Conheço bem, minha filha.

Nove anos?

Que o marido dela não seja do crime organizado, não seja, não seja, pensou, com o medo que rondava as mulheres dos homens recém-chegados ao sistema carcerário. Era uma preocupação autêntica de quem se acostumou a ouvir que, dentro dos presídios, quem não é bandido se torna um.

Antes de deixar de vez a portaria, olhou bem para aquele homem que continuava de cabeça baixa carimbando a folha de visitas das carteirinhas. E perguntou.

— Seria muito inconveniente dizer por que não posso entrar?

— Seria — ouviu em resposta.

Eu quero que você bata a porta do carro no seu dedo do meio, seu nojento, disse sem abrir a boca, no pensamento, enquanto olhava o homem que proibiu a entrada.

Mesmo sabendo que não ia entrar no presídio, ela ficou do lado de fora, esperando a visita terminar. Tinha certeza que encontraria de novo a moça do marido preso há nove anos. Queria notícias. Saber se ela o encontrou, como estava, se foi machucado. Muitas perguntas.

Quase dez horas na frente da penitenciária. Havia um banheiro imundo para os familiares usarem. Sem papel higiênico, água para descarga ou lavar as mãos. Fraldas jogadas no chão deixavam o ambiente sem janela ainda pior. Quando não aguentou mais e enfrentou o banheiro, deixou de presente o rolo de papel que levou para o Ente Querido. Desapareceu tão rápido quanto gelo embaixo do sol quente.

A saída foi confusa. Dezenas de pessoas ao mesmo tempo atravessando os portões. E todas elas pareciam muito iguais, com seus uniformes de calça legging e chinelo de dedo. Ficou até que a última mulher saísse e só aí percebeu que se desencontrou da benfeitora. Nunca mais a viu.

Num estado de desilusão, voltou para casa. Cansada. Carente. Se alguma justiça houvesse naquele dia enterrado no desalento, o dedo daquele infeliz estaria latejando agora.

***

— Boa noite, me mandaram pra cá. Onde é o boi?

— Olha bem e adivinha.

— Na latrina? Eu vou dormir ali? O chão tá molhado. E se alguém quiser usar?

— Você levanta e a pessoa usa. Põe teu colchonete. Quando ganhar moral, a gente resolve.

***

A insônia corroeu as unhas. Não se conformava em ter sido barrada na primeira vez que ia entrar num presídio. A angústia, a saudade, a comida, a vida revirada. A raiva cobrando dela uma atitude e a impotência mandando que ficasse quietinha para não piorar mais a situação. Lembrou do que disse a mulher na porta da penitenciária: o que você fizer aqui fora é ele quem paga lá dentro. O silêncio é custoso, pensou.

Decidiu coar um café. Entre a xícara e o açúcar estava o livro mais importante da casa. Há muito ela usava a *Gramática de usos do português* como se fosse um tarô. E precisava ainda mais agora porque as palavras martelavam, batiam na cabeça feito prego sem bucha. Repassou o dia e concluiu:

As mulheres na fila não sabem explicar o processo porque não entendem o que está escrito, porque o que está escrito é para ser entendido pelos entendidos. No fundo é isso. Processos são feitos de palavras. Justiça é feita de lei. Gramática é feita de palavras e elas se organizam em leis.

Diante da constatação, resolveu se refugiar na linguagem e adotou as regras gramaticais como as únicas que seguiria dali para frente. Você tem as leis que me restam no mundo. Me explica agora por que a vida passou a ter só um lado, que é o deles. Abriu aleatoriamente. Como de costume. Páginas 757 e 759.

O valor semântico do Mas

Nas relações de desigualdade, há aspectos especiais marcados pelo uso do Mas. A desigualdade é utilizada para a organização da informação e para a estruturação da argumentação.

Exemplo:

Era sentimental como um adeus. Mas gostava de parecer de ferro, de aço.

Gostava disso no Mas, do contraponto, de mostrar os dois lados da moeda. Como será que ele está agora?, pensou. A única hora suportável lá dentro deve ser quando se dorme. Boa noite pra você, boa noite pra mim, que os dias passem rápido para eu te ver sábado que vem, boa noite.

Antes não tivesse pegado no sono. O que ocorreu naquele quarto foi um assassinato. Eram oito e quinze quando escutou o despertador do rádio-relógio sem entender direito o que estava acontecendo. Estava na confusão do sonho versus realidade quando veio à memória a cena dela matando o Mas motivada pelo fato de que ninguém quis escutar outra versão que não a policial. Parou de ter importância ver o lado B da vida, ela disse ao Mas, esse inútil. E quando saiu da cama riscou todos que tinham na gramática. Disse a si mesma que nunca mais os pronunciaria.

Entardeceu cedo no segundo domingo de julho.

Gramática

Devia ter distribuído a comida no sábado mesmo, entre os familiares que não entraram, mas não teve a ideia. Guardou na geladeira os *tupperwares*, como se adiantasse, depois da comida ter passado o dia inteiro em temperatura ambiente do lado de fora de um presídio. A cadeia estraga até o que só passou por perto, pensou, convicta de que os potes teriam que ficar de molho para perderem as manchas dos alimentos colocados lá dentro.

Feito o serviço braçal, tirou os *tupperwares* da vista para ver se assim ficava com menos raiva do que aconteceu. Sentou em frente à gramática que vivia na cozinha e lembrou-se do dia em que uma conquistou a outra, numa noite de São João.

***

Na quermesse da escola, todas as prendas tinham um propósito educativo. Tanto que na barraca da pesca, o peixe grande pesava quase dois quilos e tinha seis centímetros de altura. Era um livro de capa dura. Cinza com manchas brancas, do jeito do papel-pedra usado nos presépios. Palavras como adjetivo, pronome, verbo apareciam escritas em degradê, a impressão era de que salpicavam a capa.

Dentro daquela fortaleza, estavam os usos e os costumes do português. A verdade é que não olhava para o livro como se fosse uma gramática. Olhava como quem vê um enigma. E nem entendeu o que, além da capa, roubou-lhe a atenção. Para descobrir, precisava pescá-lo. Comprou o ticket que lhe dava direito às três tentativas. Antes de lançar o anzol, viu que os peixes mais fáceis tinham números que correspondiam a compasso, borracha e lapiseira. Mais para o meio, saiu calculadora, que funcionava à pilha, e um caderno universitário. Viu onde os peixes eram devolvidos para ficar bem longe deles. Os lambaris, como chamou. Por exclusão, fez a escolha e lançou. Embora o peixe não se mexesse, o gancho balançava muito como se tivesse vontade própria. Mirou e nada.

Tinha outras duas tentativas. Voltou ao tanque de areia onde estavam os peixes. Segurou mais para a ponta do bambu para chegar no fundo. Ganhou alcance e perdeu firmeza. O gancho chacoalhava. Não faz mal, pensou. Estava desconfortável, com o braço esticado e todo o sacrifício lhe pareceu necessário. Grau de dificuldade igual a merecimento, sempre ouviu falar. Se desequilibrou e fisgou o peixe errado.

O moço da barraca da pesca tirou o peixe do anzol. Ela desviou o olhar, decepcionada por não ter conseguido o que queria.

Culpa totalmente minha. Estabanada. Isso não é mão. É pinça que pega de arrasto.

O peixe que ela marcou como sendo do livro estava muito próximo do que se enganchou no anzol. Se pudesse desistir dele e tentar mais uma vez, como uma repescagem, assim faria. A regra é que não deixava. Uma vez fisgado, acabou. E não havia ali nada que quisesse carregar. O moço olhou o número. Tanto faz, ela pensou. Deve ser um lambarizinho safado. Seja o que for, não é o que eu quero. Ele virou para pegar a prenda. Antes, fez um comentário a que ela não deu a menor importância.

— Pesada. Você aguenta?

— Tão azarada que deve ser uma palmatória — falou para o moço, que riu. — Troca pra mim?

— Não posso.

Alguém que não ela pescaria o peixe grande. Estava decepcionada como um pescador que lança a rede no mar, pensa na fartura e puxa a miséria. Ela viu desinteressada quando o moço ergueu as duas mãos para alcançar a prenda. Não acreditou. Uma fenda se abriu na prateleira. Era a gramática.

Até hoje ela não sabe se aquele rapaz trocou a prenda de propósito ou se o peixe errado era, na verdade, o certo. A gramática parecia querê-la com reciprocidade. Foi com ela que voltou abraçada para casa. Não cabia na bolsa a tiracolo. Desceu as três ruas que separavam a quermesse da casa onde morava. Entrou e foi direto para a cozinha, o lugar que mais gostava de ficar por causa da luz, da janela grande e da mesa de madeira.

Quando abriu o livro, a surpresa. Havia na primeira página uma dedicatória escrita a lápis.

A você:

Se essa gramática chegou às suas mãos, é por que ela tem que cumprir o que está destinado de nascença. Se movimentar pelas ruas como uma andarilha que escuta as conversas para ganhar corpo e se alimentar. Aqui estão nossos usos e costumes. Nosso jeito de falar e de ter algo em comum. Não é demais essa história de ter um nexo com alguém que você nunca falou na vida? E estabelecer, pela língua, um entendimento fraterno?

O que mais me impressionou nessa gramática, é que todos os exemplos que são dados vêm dos jornais. Dos romances. Das revistas. Você vai notar isso. Que os exemplos vêm das histórias da vida. É como um grande jogo de perguntas e respostas. Você pergunta e a gramática responde.

Experimente esse livro que não quer impor nada. Apenas motivar a entender melhor os signos e a interpretá-los. Uma experiência rica para você, que eu nem conheço e, no entanto, entendo perfeitamente.

Percebeu que a *Gramática de usos do português* tinha um ímã que a puxava para dentro. Foi por instinto que começou a fazer perguntas e os exemplos pareciam respostas aos problemas que apresentava.

Como é que a gente faz para gostar da gente mesmo? Página 945.

A grafia dos hiatos

Exemplo:

Que Freud me PERDOE, mas o melhor método de fortalecer o ego ainda é a sensação de ser amado.

Quase não acreditou no que leu. Os exemplos escritos para ensinar uma coisa serviam para outra. A gramática era adivinha. A descoberta a deixou em êxtase. Difícil pegar no sono. Fez uma nova pergunta:

Eu sei que está tarde, mas só mais uma, para ver se não é coincidência. Deixa eu ver, aqui, página 770.

Exemplo:

Mas, pelo amor de Deus, não me faça mais perguntas.

Estava escrito desse jeito mesmo, como se fosse possível ter lógica esse jogo de pergunta e resposta. Certa da correspondência entre as duas, ela e a gramática, passou a conversar com o livro da mesma forma como se fala com uma pessoa. E quando a resposta não se encaixava, ela culpava o modo como fez a pergunta. Jamais duvidou da capacidade mágica do livro. Virou um hábito se aconselhar, principalmente quando sentia uma aflição. As regras entravam no universo particular dela ressignificando os acontecimentos. A gramática ganhou realmente o status de um tarô, capaz de decifrar outros signos além da linguagem.

***

Uma série de recordações entrou naquela cozinha. Ela não se conformava em ter que ir a um presídio, no empenho que tiveram na delegacia para encontrar um bode expiatório. As palavras são traiçoeiras, não acha? Perguntou à gramática e não teve paciência de ver a resposta.

Uma dor de cabeça quase atrapalhou o mundo das lembranças. Algumas boas, como a quermesse. Outras terríveis, como os dias na delegacia, e que vivia a expectativa do mal-entendido. Pensou que deveria ser bom não ter tanta memória. Ver livre da culpa quem não tem culpa.

***

— Você ficou a tarde toda aqui, na delegacia?

— Desde ontem. Eles desceram com você e eu fiquei. Te bateram?

— Não.

— Falaram alguma coisa? Por que te trouxeram?

— Nada. Nenhuma informação, é uma guerra de pressão. Me deixam mofando. Mandam me trazer aqui para me deixar na expectativa. Quem fala comigo é o chefe dos investigadores. Mas não diz coisa com coisa. Quanto mais desesperado eu fico, mais eles se divertem.

— E eles estão se divertindo?

Contradição

Quando se entra pela primeira vez numa delegacia, é preciso não ter medo de fantasmas. Eles estão por toda parte. Escutam-se vozes sem saber de quem, de onde vem. Ouvem-se histórias assustadoras. Há retratos espalhados pelas paredes de pessoas que sumiram sem deixar pistas. Simplesmente desapareceram. Retratos também de procurados pelo perigo que representam. Quando policiais de passos largos entram apressados, mão no revólver, o ar prende dentro do peito e a vontade que se tem é de ficar invisível, de não ser visto. Há um *modus operandi* no que se refere às armas. A dos policiais militares, no coldre. Dos civis, entre a cinta e a camiseta. Ela notou essa diferença singela entre as polícias.

Tem gente que chega suja de sangue. Tem homicidas irremediavelmente de cabeça baixa. Os agentes olham para quem entra com desconfiança. Como se qualquer estranho fosse suspeito. Essa tensão fez o coração dela disparar. Precisava controlar os nervos mesmo que a vontade fosse de tomar satisfações, de dizer:

— Seus idiotas, como é que prendem alguém que não fez nada de errado?

***

Eram oito horas da manhã do dia seguinte à prisão e chovia. O céu escuro com a luz de fim de tarde no começo do dia. Ela tremia de indignação. Certa de que teria muito mais prova da inocência que eles da culpa.

— R.G. e nome da delegacia que vai.

— O documento está aqui e vou na delegacia de roubo e receptação de cargas.

— Sabe onde fica? Subindo as escadas, segundo andar.

O homem não perguntou mais nada. Era indiferente. Ela subiu as escadas daquele combo de delegacias. Várias no mesmo prédio, talvez umas dez. Não contou, apenas ficou perplexa em saber que havia esse tipo de condomínio seguindo o padrão dos prédios de consultórios médicos.

Foi olhando as identificações nas portas. Roubo a bancos, desmanches, facção criminosa e lavagem de dinheiro. Viu um homem entrar algemado e encapuzado, como se fosse um ninja. Subiu mais um lance de escadas. Era o andar dos ladrões de casas, dos crimes patrimoniais de intervenção estratégica. Não entendeu bem que tipo de delito era esse. Mais à frente, estava roubo e receptação de cargas. Foi avançando no corredor e viu uma porta em que se lia "Sala dos Investigadores".

— Por favor, preciso conversar com um preso que chegou ontem aqui.

— Advogada?

— Não.

— Então não pode.

Ela não tinha condições de discutir. Estava paralisada. Procurou um canto para sentar. Dentro da boca, os dentes rangiam de nervoso. Estranhou não ver movimentação. A sala do delegado parecia fechada. Na dos investigadores, só o infeliz que a mandou voltar para casa. Mais nada. O marasmo tornava aquilo um cemitério. Ficou olhando para a parede por horas a fio. A manhã foi avançando e ela, imobilizada pelo medo de ser tirada dali, ficou à espera de que algo acontecesse. Talvez passassem com ele para colher algum depoimento e teria a chance de ver como estava, pegar alguma orientação ou entender o que de fato estava acontecendo. Onde ele está? Tentou descobrir olhando para dentro de salas abertas dos outros corredores e, sempre que surpreendida, perguntava onde era o banheiro.

Pela janela, no começo do corredor, viu que a chuva continuava do lado de fora, agora acompanhada por ventania. Uma poça d'água se formou e metade dos pneus de uma viatura estavam submersos. Ia ter enchente.

Às três da tarde, como se houvesse uma combinação prévia, o corredor começou a encher. Gente sentada, em pé, encostada na parede. Também começou um entra e sai na sala dos investigadores sem que ninguém fosse atendido. O agente pegava o nome da pessoa no corredor, entrava e vinha depois com uma ordem, para que voltasse no dia seguinte. As pessoas protestavam o descaso, algumas enfrentaram a chuva, a demora dos ônibus, deixaram de trabalhar ou estudar, largaram o cotidiano para estarem ali. O agente rebatia dizendo que uma grande operação estava em andamento e não poderia ser atrapalhada. O delegado, o escrivão, estavam todos ocupados e só flagrantes seriam atendidos. Não era bem o caso daquela delegacia em especial, cujo grosso do trabalho vinha das investigações e não do varejo dos flagrantes, como as outras.

Viagem perdida, disse uma senhora que precisava reconhecer um ladrão. A mulher foi embora curiosa para saber que operação era aquela. Antes de sair, perguntou ao agente:

— Vai passar na televisão?

— Não, porque é secreta.

Ela quieta, ouvia o que era dito numa irritada passividade. O movimento também era fraco em outras duas delegacias que ficavam no mesmo corredor. Mas às quinze para as seis da tarde começou outro estranho vaivém. Uma mulher com três bandejas grandes cobertas com papel alumínio entrou na sala dos investigadores sem pedir licença nem nada. Tinha um rosto sereno. Depois que passou, o corredor ficou cheirando a coxinha de frango. A mesma mulher desceu e subiu de novo, agora com um caldeirão e um saco grande de pão. Ficou cheirando a carne assada.

— Deve ser a fome. Essa ressentida que não pode sentir o cheiro de nada para infernizar o estômago da gente, não acha?

O homem sentado à direita ouviu e concordou. Também estava à espera do delegado. Escolhia as palavras porque pretendia deixar a melhor impressão possível. No fundo sabia que pessoas que falam bem a língua materna são tratadas com mais polidez e respeito. Por isso se esforçava tanto, estudava a gramática de forma estratégica, além de usá-la para as consultas das coisas da vida. Vinha de uma família de semianalfabetos, e os pais perderam o comércio que tinham por não entender as obrigações civis dos contratos, empréstimos bancários. Foi uma infância difícil a dela e, sinceramente, achava que a falta de uma educação formal era a responsável pelo fracasso deles.

Ficou tentada a perguntar ao homem que esperava como ela qual era o caso que o levava a uma delegacia, mas teve medo de ele devolver a pergunta. O que ela poderia dizer se não fazia a menor ideia do que estava acontecendo? Continuou o assunto para quebrar o silêncio angustiante.

— Estava aqui quieta, esperando, e agora me deu fome. Eu nem almocei ainda. Acho que ela vende lanche e salgadinho para os funcionários, não é?

Mudou de ideia diante da bizarrice de ver dois homens com armas nas costas ocupando as mãos com um *cooler*. Devia ser pesado para ter dois carregadores. Aí chegou o bolo. Pelo menos foi o que imaginou pela forma como foi carregado para dentro da sala. Depois, silêncio. Foi então até a porta com a intenção de ver o que estava de fato acontecendo. Pisou devagar para não fazer barulho.

— Procurando o quê?

— Que susto.

O homem saiu de uma outra porta que ela nem notou que existia. As salas tinham entradas oficiais e clandestinas.

— Desculpe. Eu vim falar com o delegado.

— Tem hora?

— Seis e dois.

— Não. Hora marcada.

— Ah! Não.

Ela teve a precaução de não revelar a identidade de quem procurava. Intuitivamente achava que o certo era manter o máximo de sigilo para evitar represálias.

— Trouxeram um familiar meu aqui, por engano. E eu gostaria de explicar a situação, resolver isso o mais rápido possível.

— Aqui não é sala de visita. Ou é vítima ou é autor. Se não é uma coisa nem outra, vá embora. É advogada?

— Segunda vez que me perguntam. Se pudesse seria a partir de agora. Eu preciso saber o que está acontecendo. Eu vou ficar ali sentada para quando o delegado puder falar comigo. Se o senhor puder avisar, eu agradeço. Melhor, com quem eu marco a hora?

— Procura um advogado.

— Para falar com o delegado? Moço, não precisa disso. A gente resolve rapidinho. Eu tenho certeza.

— Qual é o B.O.?

— Eu não sei.

— Aí fica difícil ajudar. Dá licença.

O homem deu as costas e voltou para a sala dos investigadores. Pelo corredor passou, então, um agente com um homem que devia ser o delegado. Concluiu porque estava de gravata e camisa social, enquanto o outro, de camiseta, jeans e tênis. Entraram na sala dos investigadores. Uma salva de palmas abriu a festa.

— Quanto tempo dura uma festinha de aniversário na delegacia? — perguntou, mais para puxar conversa que para se planejar.

A pergunta ficou sem resposta. Estava barulhento e divertido dentro da sala. Destoou ver quatro homens descalços, algemados uns aos outros, sendo levados para dentro. Estavam tão sujos, descabelados, com cara e cheiro de quem saiu de dentro de um bueiro. Entraram no aniversário.

— O que vão fazer com eles lá dentro?

A faxineira que varria o corredor mal iluminado e de poucos assentos olhou-a sem nenhuma consideração. Respondeu porque gostava de mostrar o quanto conhecia aquele universo.

— No canto da sala, bem assim quando entra, sabe, vira à direita. Tem uma cela, para os presos serem ouvidos pelos investigadores ou pelo delegado. Fica tudo ali, esperando ser chamado. Esses quatro estão aqui na delegacia desde ontem. Tudo ladrão. Tavam reclamando de fome e aí o chefão mandou subir. Não comeram nem ontem nem hoje.

Era cristalino que não haveria nenhum depoimento numa sala em que se fazia uma festa. Ela estava vendo como se processam as pequenas vinganças, as pressões, como se provoca a fome de quem está em jejum. O cheiro da fritura, o aroma da carne louca e aqueles quatro enjaulados na presença dos convidados. Pensou que não conseguiria comer na frente de gente faminta. Ficou constrangida.

Faltava pouco para as sete da noite quando os convidados finalmente saíram, encerrando o expediente. Depois saiu o delegado. Ela tinha preparado todo o discurso para fazer àquele homem.

— Boa noite. Primeiro, parabéns pelo seu aniversário. Muitos anos de vida e que o senhor realize seus sonhos. Bom. Eu vim aqui. Não, lógico que eu vim aqui. De novo. Eu estava esperando para falar com o senhor. Houve um erro horrível e ontem foi trazido um parente meu aqui para a delegacia. Eu vim esclarecer, corrigir esse erro e levá-lo embora. Desculpe, mas eu nem sei do que ele está sendo acusado. De todo modo, garanto ao senhor que é engano. Ele é muito trabalhador, não tem vício, nem bebe. Cerveja de vez em quando, mas não frequenta bar. Nunca ninguém da minha família entrou numa delegacia para qualquer coisa na vida. Por que ele está preso?

O delegado passou por ela sem sequer notar a agonia, sem olhar para o lado. Entrou rápido na sala dele, e saiu com uma pasta executiva. Ela não entendeu.

— Por obséquio. O delegado foi para uma diligência? Sabe se vai demorar?

— Agora só amanhã. Ele foi comemorar o aniversário com a família.

Que homem festeiro, pensou entre parênteses.

— O senhor pode me falar sobre o inquérito?

O escrivão não deu nenhum detalhe. Ainda reclamou:

— Por que não perguntou para o delegado? Ele não estava aqui até agora? Dona, precisa ter mais iniciativa, não acha?

Mordeu a língua para não responder à altura. Precisava de aliados ali dentro, já que não tinha outro meio de conseguir informação. E corria o risco de ser tirada, de perder o acesso àquele corredor. Por isso, fez que concordou com o investigador. E como prova de amizade, ainda se desculpou.

Quando desceu as escadas, ouviu o som de um rádio. "Em Brasília são dezenove horas". A *Voz do Brasil* era feminina e enérgica. A manchete falava de superlotação nas cadeias. Foi mais devagar para ouvir a notícia.

"O presidente da República anunciou a construção de mais nove presídios para conter a onda de violência que assolou o sistema carcerário. Oitenta e nove por cento das penitenciárias do país estão superlotadas. Em duas semanas de motins e conflitos entre facções, cento e cinquenta presos foram mortos, de acordo com a última contagem. A superlotação é uma ameaça à segurança nacional."

Voltou esperançosa para o ponto de partida, o corredor em que passou o dia inteiro. A porta da sala dos investigadores onde aconteceu a festinha estava aberta. Ao passar, viu que um dos quatro homens levados no final da tarde estava fora da cela, de frente para um dos investigadores. Algemado, cabeça baixa, com os braços imobilizados por dois agentes. Um terceiro fechou a mão e ela viu o soco contra a parede do estômago. Então, esqueceu por que subiu as escadas.

Pareceu-lhe uma tontura o que sentia enquanto caminhava sem rumo. Como se o corpo andasse ao mesmo tempo por várias dimensões. Vão fazer isso com ele, teve a certeza. Não. Desse infeliz queriam confissão. Dele querem outra coisa porque nem sabem qual é o crime que vão acusar. O que querem de um inocente? Dinheiro? Vou esfregar meu extrato na sua cara, se for isso.

Entrou no banheiro, lavou o rosto, recuperou o fôlego. Passou pela recepção a tempo de ouvir.

"O acordo financeiro pôs fim ao processo. Boa noite", disse a voz da Nação.

Chegou em casa inventariando o dia. Festa, soco, inocente preso, superlotação, *A Voz do Brasil*, dinheiro, investigação, fila de espera para cumprimentar o delegado, fila de espera para ser ouvido pelo delegado, o homem contra o Estado, o Estado contra ele.

A gramática saberia explicar o que ela não conseguia entender. Vem me dizer sobre a negação, falou, antes de abrir na página 286.

Dentro do sistema da língua portuguesa, a partícula NÃO é o elemento básico que opera o processo de negação. Outros elementos adverbiais negativos, como NUNCA e JAMAIS, também produzem negação no nível da oração.

Exemplo:

Não quero morrer.

Jamais se permitiria uma liberdade daquelas.

***

— Eu tenho direito a um advogado.

— É? Então contrata. Agora se prepara. Vai custar caro. Acerto com a gente é mais barato.

— Não entendi. Que acerto um homem como eu pode

fazer? E por que faria se não fiz nada errado?

— Como é que é? Você faz merda e quer me corrigir? É isso? Deixa esse bosta aí mofando que ele precisa pensar no que me falou. Amanhã você sobe que a gente conversa.

— Não faça isso comigo. Eu sou inocente. Me deixe ir embora. Nem sei do que me acusam. Como esse lugar é escuro.

***

Eram dez e pouco da noite quando ela chegou em casa. Os pés grudados no sapato depois de tanto tempo dentro deles. Estava com um pouco de fome e isso lhe causava mal-estar e culpa. Pareceu-lhe pouco caso preocupar-se com si mesma quando, na delegacia, ele estava privado de tudo. Fez um chá-mate.

No desalento em que se encontrava, viu a gramática. Estava cansada e aflita, mas ainda assim não resistiu e abriu-a mecanicamente, movida pelo hábito. Capítulo sobre substantivos com um gênero determinado designando indiferentemente os sexos. Não prestou a menor atenção, a não ser nos exemplos. Pessoa é feminino, testemunha também é do universo feminino, como vítima. Ente, não. É masculino, mesmo quando se fala de mulher. Ente Querido passa por cima de qualquer classificação.

Precisava de um advogado. A Justiça não fala com cidadão comum, exige intermediários para ser alcançada. Se a gramática é da elite, a Justiça é ainda mais inalcançável. Precisa ser doutor para conversar com ela. Pensa. Onde se encontra um advogado?

Procuração

A distância entre a portaria e o hall de entrada do Fórum Criminal era de mais ou menos novecentos metros. Além do imenso pátio separando uma coisa da outra, havia uma fila extensa e parte dela formada pelo detector de metais que tinha uma rigidez irritante. Apitou para todos que passaram por ele, o que tornou a revista mais detalhada. E as pessoas não eram práticas. Carregavam bolsas, sacolas, pastas, como se estivessem numa excursão em que fosse preciso prover toda sorte de necessidade. Abra a bolsa, tire o cinto. Não pode entrar com garrafa nem de água. Desculpe, a mamadeira fica. O que é isso? Lanche? Não pode.

Na fila lerda, estava entre os vinte primeiros. Levava o mínimo. A chave de casa, a carteira com documentos, caneta, um bloco de folhas pautadas para fazer as anotações e um rolinho de papel higiênico. Nada foi perguntado pelos dois guardas que cuidavam da máquina de raio X. Passou a bolsa pela esteira e o corpo pelo detector de metais. Evitou olhar os seguranças. Há coisas que se sabe sabendo. Quanto menos atenção reivindicar, melhor.

Estava em missão e a ansiedade fez a mão suar. Uma vez dentro do Fórum, se distraiu com a diferença das preposições. Aquele palácio era da justiça. No entanto, não era de justiça porque de lá saíam culpados e inocentes como condenados iguais. Pare de se distrair, disse a si mesma.

Ela escolheu o corredor mais cheio e ficou sentada, como quem espera pela audiência. Homens de calça bege e camiseta branca passaram algemados por ela. Estavam todos barbeados e de cabeça baixa. Cabelo muito curto. Um deles deu um sorriso de canto de boca quando passou por uma das moças sentadas e que usava um perfume forte, com cheiro de desodorante de lavanda. A moça se levantou e se exibiu para que ele não esquecesse como era bonita. Estava de calça jeans colada ao corpo, salto plataforma e uma blusa decotada em V. Usava brinco, colar. A troca de olhares entre ambos foi rápida demais. A namorada ainda seguiu olhando até que ele entrasse na sala de audiência.

A atitude da moça restabeleceu nela uma mansidão que há muito não a visitava. Porque aquele rapaz poderia ser condenado em menos de duas horas e não lhe faltaria amor. Ele não seria abandonado porque aquela moça que continuava de pé, olhando para o vazio do corredor, não deixaria de amá-lo. Achou bonito o gesto.

Fechou então os olhos por um instante. Deixou-se levar para perto do mar e macetar a areia com os pés, como se fosse uma esfoliação, enquanto a vida se encarregava de fazer o mesmo no peito dela.

— Licença.

A moça se sentou do lado, o que a trouxe de volta da praia onde seus pensamentos andavam.

— Claro.

Assim, começaram a conversar. A moça contou que estavam juntos há três meses quando ocorreu a prisão.

— E você se arrumou toda para ele te ver só por alguns segundos?

— Lógico. Isso aqui é um encontro pra mim e pra ele e

aqui eu posso me vestir do jeito que eu gosto, sem ter que obedecer às regras da cadeia que deixam a gente sem nem um brinco na orelha. Pensa? Onde já se viu? Não pode anel. Não pode uma blusa mais chique com botão, não pode decote, saia. Zíper, mulher! Não pode zíper. O que é que eles acham que a gente vai fazer com um zíper, me diz? Ah! É muita maldade com a família. Aqui não. O seu também vai passar por aqui hoje? O que ele fez?

Ele não fez nada, teve vontade de responder. Não vai passar por aqui porque está numa delegacia acusado de não sabe o quê, quis completar.

Não era para vê-lo que estava lá. Precisava encontrar um advogado criminalista e o Fórum era uma passarela por onde desfilavam.

Perguntou para a moça, sem cerimônia:

— O seu namorado tem advogado?

— Lógico. É obrigado. É do Estado. Da Defensoria Pública. São bons, mas tem uma fila enorme para conseguir. Como também demora pra ter audiência, ficam elas por elas. Acaba se encaixando uma coisa na outra. Que nem vaga de escola, entende? Você arruma antes de precisar e aí quando precisa, tá na mão, pensa?

Era assustador ouvir aquilo tudo. E, de fato, aquela era uma alternativa. Acontece que tinha a esperança do caso se resolver na fase do inquérito, quando provasse o equívoco. Por isso precisava de um advogado particular. O caso dele não viraria processo se fosse rápido. A assistência era para acompanhar os depoimentos na delegacia, agora sabia, chamados de oitivas. Um advogado que impusesse a presença para mostrar que não haveria sossego enquanto estivesse ali enjaulado um inocente.

— Preciso ir. Boa sorte, moça. Para você e para o seu namorado.

***

— E do que estou sento acusado?

— Você sabe e se faz de besta. A casa caiu. Seu nome está na escuta. Quanto é que vocês movimentavam por ano, hein? Fica com essa cara de quem não fez nada, safado.

— Do que é que o senhor está falando? Me trouxeram aqui para a delegacia e desde o momento em que eu pisei aqui ninguém diz coisa com coisa.

— Tá me chamando de louco, seu vagabundo? Eu tenho duzentas horas de gravação, eu tenho testemunha, eu tenho vítima e eu tenho esse sonso na minha frente. Recolhe para a carceragem. E acho bom acertar o perrengue enquanto a gente está nessa fase inicial. Vem cá, vou te dar um conselho baixinho, no ouvido. Eu tenho até um revólver que acharam na firma. E isso é agravante, se você não sabe. Vai cooperar ou falar em juízo? Olha que juiz anda sem tempo e eu tô com a paciência no limite.

***

Havia uma tabela padrão cobrada pelos advogados que se intitulavam de porta de cadeia. Dois mil reais para soltar na fase da delegacia, dez mil se virasse processo até a primeira instância e, como todos vendiam a ideia de que soltariam o acusado na fase inicial, para os demais serviços como apelações, *habeas corpus*, o preço era a combinar.

Além de dinheiro, precisava de olho clínico porque uma das mulheres contou uma história que a deixou desesperada.

— O advogado do meu marido recebeu e nem foi na audiência. Sumiu. Depois disse que tinha quebrado o carro. Nojento. Levou mais oito meses para marcar de novo a outra audiência. Mandei arrebentar o carro dele. Sacanagem.

O desabafo mostrou que era preciso ser cuidadosa. Procurar um rosto confiável entre tantos engravatados. Chamou a atenção um que lia o processo, anotava, consultava livros enquanto aguardava a vez de defender o cliente. Viu empenho e isso foi comovente para ela. Era jovem, devia estar na faixa dos trinta anos e tinha uma franja que caía no olho toda vez que abaixava a cabeça, embora usasse uma espécie de pomada brilhante nos cabelos. Criou coragem e foi atrás:

— O senhor é advogado?

— Sim. Sou. Posso ajudar?

— Quanto é que o senhor cobra?

Ele ficou sem graça com a pergunta direta e espontânea.

— Não trabalho assim. Preciso saber qual é o caso, do que se trata? Eu vou entrar em audiência daqui a vinte minutos. Podemos tomar um café amanhã?

Talvez precisasse de um empréstimo, mas pressentiu que agora tinha um advogado.

⋏⋏⋏

— Não vou falar nada enquanto não tiver um advogado.

— Ficou metido? Maluco? Acha que manda aqui, seu merda? Tá achando que isso aqui é hotel para você passar a noite, seu corno? Eu sou o chefe dos investigadores, eu mando no juiz, eu mando no delegado, eu mando você vomitar, imbecil, e você vomita. Entendeu? Então, engole a porra da tua arrogância, detesto cara folgado.

— Me deixa ir embora. Por favor. Não fiz nada errado. Seja o que for, eu não tenho nada a ver. Do que é que eu estou sendo acusado?

— Você é um mentiroso. Se eu te apertar você espana. Tá querendo sofrer, vagabundo, tá? Você é ladrão e eu te peguei. Para quem era a carga? Quase cinquenta quilos de pasta de cocaína no meio de uma carga roubada. Queimaram o motorista. Você tá ferrado, compadre.

— Quê?

Seca

A sede é ingrata. A secura faz com que a boca pareça cheia de espinhos. A língua fica pesada, pastosa. O canto da boca racha num corte fino, raso e ardido. A sede é essa mistura de farofa com mais farinha e faz doer entre um gole e outro de saliva. Só quando conheceu a sede, o Ente Querido soube ser pior que a fome, que há três dias lhe fazia companhia na cela onde estava. Não conseguia comer com sede, embora pudesse beber com fome.

Ao vê-lo com muita sede, sem poder fazer nada, teve vontade de gritar. A cabeça dela exigia um posicionamento.

— Ele tem sede, me deixem ajudá-lo. Vocês são a polícia, só faltava levar vinagre no lugar da água.

O chefe dos investigadores estava na sala do escrivão e ouviu o que chamou de blasfêmia.

— Essa mulher não tem o que fazer em casa? Que vinagre é esse que essa maluca está falando? Fala para ela que aqui está cheio de ladrão e nenhum Cristo. Era só o que me faltava. Essa mulher é crente?

Quanto maior o desespero, mais sede se tem. Aumenta na medida em que a esperança dá seus sinais de envelhecimento. A pessoa vai ficando incapaz de se viabilizar. A saliva não molha a boca. Parece seca. Milhares de bactérias antes quietas se juntam. O mau hálito é inevitável. Basta um pouco de água para que tudo se regenere.

— Ele está com sede.

Foi o que disse com a coragem que o desespero dá quando viu que o delegado ia passar por ela.

— Dona, deixe falar uma coisa. Isso aqui não é o maternal onde um fala "quero tomar água" e a professora leva no bebedouro. O outro fala "quero fazer xixi" e a professora leva no banheiro. Quem mandou parar aqui? Eu deveria prendê-la por desacato à autoridade.

Mais uma vez controlou o impulso, que era de esganar o delegado. Não tinha outro jeito senão ser gentil em meio à estupidez dos meios. Imaginou que àquela altura as aftas já teriam se espalhado pela boca dele de uma tal maneira que tocar o céu com a língua provocava dor. Decidida, rompeu a barreira do bom senso. Entrou na sala do delegado.

— O que é isso? Vou proibir a senhora de entrar nesta delegacia. Quer ver? Ou sai agora ou não volta mais.

Ela precisava voltar, então recuou. No breve instante em que se demorou na sala, viu uma garrafa cheia de água fresca e suada em cima da mesa. Era tanta água que escorria pelo vidro transparente. Quis se servir. Talvez também fosse desacato. Desistiu.

***

— Tá. Responde.

— Sim. Trabalhava comigo. Foi ele que me levou para a firma.

— E há quanto tempo vocês se conhecem?

— Desde a época do colégio. A gente estudava no mesmo período, aí ele foi expulso por causa de vandalismo, estourou o encanamento do banheiro com um morteiro. A gente só veio a se encontrar no ano passado, quando me convidou para trabalhar com ele.

— É um delinquente de nascença. Escrivão, vamos lá: o depoente confessou que o delinquente...

— Delegado, delinquente tem trema ou não tem?

— Troca a palavra. Acha aí um sinônimo de delinquente.

— Doutor, pode ser assim? Ao ser perguntado sobre o elemento já qualificado nos autos, confessou tratar-se do comparsa e que ambos agiam juntos.

— Delegado, eu não falei nada disso.

— Você não falou que conhecia, que trabalhava junto, que foi ele que te trouxe para essa empresa de fachada? É isso que está escrito num jargão policial.

— Não é não.

— Eu vou relevar porque estou muito de bom humor. Mas aqui você é o bandido e eu o delegado, entendeu? Voltando, quer dizer que o senhor recebia ordens? Que tipo?

— Olha, eu estou respondendo na boa fé. Minha família está procurando um advogado para mim. Eu vou responder o que o senhor está perguntando para o senhor ver que eu não posso estar preso. Eu recebia ordens do tipo administrativa. Fazer pagamento, receber mercadoria.

— E numa delas estava uma carga roubada cheia de drogas.

— Que carga? Nunca soube disso. Não faço a menor ideia de que carga é essa.

— O senhor conhece esse homem?

— Não.

— Esse é o finado motorista. Morreu na véspera da formatura da filha dele. Quem foi o filho da puta que matou? Me diz.

— Eu não tenho arma. Eu não conheço esse senhor.

Aliás, os motoristas são por empreitada. Eu não trabalho com carga roubada. Eu não sou traficante. Isso tudo é absurdo. Vocês pegaram o cara errado.

— De quem é esse revólver?

— Eu nunca vi antes.

— Estava na sua gaveta.

— Como, se eu nunca vi antes? Eu nunca tive arma, nem sei atirar. Por que só eu estou aqui? Onde estão meus chefes?

— E eu lhe devo satisfação, seu merda?

— Antes eram os senhores que provavam a minha culpa. Agora sou eu que tenho a obrigação de provar que sou inocente. Onde foi que inverteram o jogo?

— Você está sendo investigado há quase um ano. E se tentar falar com seus patrões eu meto uma coação de testemunha nas tuas costas.

O chefe dos investigadores entrou na sala e o delegado o chamou de lado. Trocaram uma informação rápida. Depois, voltou ao depoimento.

— Antes de descer pra sua jaula, presta atenção. A temporária está chegando no fim. Mais dois dias e, aí, ou sai de camburão ou pela porta da frente. Decisão sua.

— Me deixa ir embora.

— Seus chefes foram mais espertos que você. Estão livres. Os investigadores fizeram um belo trabalho. Já acertaram, você me entende? Ou é burro? E disseram que você agiu sozinho. Outra coisa. Para ter um advogado, você precisa assinar a procuração. Para assinar a procuração, eu preciso deixar ele entrar. Não conheço esse advogado que sua família arrumou. Devia ter pego um dos que já estão acostumados aqui com a gente. Fala com a tua família a respeito. Vou deixar você receber esse advogado na sala dos investigadores.

***

No corredor, do lado do advogado, ela se sentiu pela primeira vez mais segura. Ele impunha respeito. Vestia-se de forma sóbria e elegante. Terno chumbo, gravata estampada com desenhos bem miúdos, camisa branca. Falava com firmeza. Assim que entrou na delegacia, disse ao investigador que precisava ver o cliente, pegar a assinatura dele na procuração para representá-lo judicialmente.

— Está com o delegado — informou o chefe dos investigadores.

— A lei me garante acesso a todos os documentos da investigação e qualquer depoimento colhido de um investigado sem a assistência do advogado. Inclusive se houver algum elemento de prova decorrente ou derivado dessa fala, é passível de nulidade absoluta do interrogatório. Relembro isso para que não percamos tempo.

— O senhor só é advogado dele depois de assinar a procuração. Até lá ele pode escolher quem bem entender. Eu vou falar com o delegado e já retorno.

Aquele diálogo entre o advogado e o chefe dos investigadores a deixou em êxtase. Só por isso, achou que valia o preço a pagar, mesmo sem noção do quanto seria. A sensação era de alma lavada da vergonha que sentia até então.

O chefe voltou e disse que o delegado permitiu um encontro do preso com a família, depois com o advogado. Teriam que ser breves em se tratando de uma delegacia.

***

— Eu trouxe um advogado.

— O delegado me falou. Ele disse meio como sugestão que eu pegasse um dos que lidam com ele no dia a dia. Adivinha por quê.

— Não confio em nada que venha deles, dos que te acusam. Você tem uma arma?

— Claro que não. O que foi que te falaram?

— Só bobagem. Desculpe. Você está comendo? Ontem eu vi uma cena horrível.

— A do soco? Eu escutei, o cara entrou de quatro na cela, aqui em cima.

— E por que não me deixaram te ver? Que maldade. Como é lá embaixo?

— Sujo, escuro, fedido, estou sentado no chão. Dormi assim, encostado na parede. Onde você conheceu o advogado? Indicação de quem? Toma cuidado.

— Eu nem sabia como procurar, preço, nada. Ninguém pensa que um dia vai precisar de um advogado criminalista. Não tinha para quem pedir indicação. Fui até o Fórum, lugar cheio de advogados, né? O seu veio de lá.

— No Fórum? Nunca que eu ia ter uma ideia dessas. Olha lá, os investigadores estão olhando. Vou falar com o advogado agora. Se tua intuição escolheu, é porque é bom. Armaram uma arapuca e eu acho que é para extorsão.

— Mas a gente não tem dinheiro. Tem a casa que é própria, mas é velha, um carro com seis anos de uso, nem sei quanto vale. A gente não tem dinheiro.

— Extorsão dos meus chefes. E eu como bode expiatório. É isso o que eu acho. Eles vão jogar nas minhas costas. E eu nem sei o quê. Me ajuda!

***

Quando desceu para a carceragem, viu que chegaram novos presos. Ficou em silêncio, como desde o primeiro dia. Apenas ouvia as conversas. Um dos presos pareceu o mais perigoso. Com ficha corrida na polícia. Subiu para depor e não voltou mais para a carceragem. Soube depois que foi solto. Estava nítido para ele que a prisão que sofria era arbitrária e que não era a verdade que procuravam.

Foi até o cano por onde escorria o fio de água suja. Faltou coragem.

***

Chegou em casa sedenta. Não tinha trocado na bolsa para comprar água na rua. Tomou dois copos cheios de uma só vez. Depois escovou os dentes. E tomou mais água. Quis brincar com a água da torneira. Ficou com vergonha de desperdiçar o que era tão raro naquela delegacia.

Língua Presa

A cadeira dura da delegacia fica na frente da sala do chefe dos investigadores. Nas outras três não dá para sentar. Estão quebradas e continuam enfileiradas. Sem serventia. Também tem um banco do lado das cadeiras. Geralmente usado pelos advogados. É raro sobrar um lugar.

Quem senta ali vai esperar muito porque não é por ordem de chegada. O corredor é escuro e cheio de portas. A parede tem duas cores. Até a cintura é chumbo. Depois, sobe um cinza mais claro. À vista de todos, desfilam os presos.

Eles passam pelo corredor de cabeça baixa numa fila indiana. Quem puxa é um investigador de polícia. Conforme aperta o passo, ele aperta mais a algema do primeiro que teve o azar de estar na frente. O braço direito do preso seguinte está algemado no esquerdo do outro e assim por diante. Eles devem andar no mesmo ritmo para a algema não machucar o punho.

Passou uma quadrilha com passos curtos em direção ao interrogatório. Chamou a atenção o estado em que estavam. Camiseta rasgada, outro com a camisa suja de sola de sapato na altura dos ombros, nas costas.

Vagou um assento, e ela chamou o advogado que contratou para sentar do lado dela. Os dois passavam o dia na delegacia para marcar presença diante do delegado e de sua equipe de investigadores.

Passaram mais presos.

— Quanta gente — disse alto.

— Eles ficam na cela para o depoimento.

Apesar de ter estado na sala dos investigadores, ela não viu a tal cela porque foi levada para o lado esquerdo e a cela ficava no lado direito. Temendo que ela tivesse um choque caso visse por alguma razão, o advogado explicou como era o ambiente. Com detalhes diferentes dos revelados pela faxineira.

— Quando eles sobem da carceragem para serem ouvidos ou falar conosco, os advogados, são trazidos para a cela que fica no canto. Só tem chão, parede e grade. Sem água nem banheiro.

Quem tivesse uma necessidade precisava pedir para o investigador. Que não deixava porque o banheiro da sala era da polícia e não para os bandidos.

— E onde eles fazem, se tiverem vontade?

O advogado ergueu os ombros, como quem diz que não tem solução. Cabiam umas oito pessoas na cela.

— Eu contei dezenove passando pelo corredor. E todos eles vão ser ouvidos hoje? Não tem como.

— É para fazer guerra de nervos, entende? Criar uma situação de desespero que favoreça depois na hora de colher o depoimento.

Do fundo do corredor, na contraluz, eles viram bandidos algemados sendo trazidos. De repente, ele apareceu. No meio de seis. O cabelo tinha a gordura da falta de banho. Um rosto humilhado e cheio de medo. Ela se levantou na intenção de consolá-lo. Não conseguiu chegar perto. As pernas não serviam para nada. Tremiam muito. Disse quase sussurrando:

— Ele está algemado, meu Deus, por quê? Você não é bandido, ergue a cabeça. Eu vou te ajudar.

Então, ele caiu e desequilibrou os outros. Foi o primeiro tropeço dentro da delegacia. O outro viria mais tarde.

★★★

O chefe dos investigadores era baixinho, falava sorrindo. Beliscava sorrindo. Socava sorrindo. Quem visse à distância, imaginaria um homem simpático. Quem estivesse frente a frente, sentia o bafo de cachaça e o cuspe sempre que falava alguma palavra com erre. Na boca miúda dos investigadores, o chefe era o Língua Presa.

Ele sabia que riam pelas costas. E corrigir a falha no frênulo lingual era serviço para ambulatório. Não precisava nem de internação. Uma pequena cirurgia e a cura. Nada de cuspir com erre e, de quebra, mais qualidade de vida. Até beijar seria mais fácil. Acontece que o chefe só apreciava língua solta quando pegava o sujeito na contradição. Aí, era bingo.

Assim que levou os presos para a cela de canto, viu o quanto ele ficou perturbado por estar algemado diante da família e do advogado. Um bom momento, portanto, para a abordagem.

— Vai abrir a boca ou vou precisar de um abridor de lata?

— Vocês pegaram a pessoa errada. Por favor, eu não sei nada. Não tenho o que dizer. Nem sei o que está acontecendo.

— O delegado está chegando. Não tem metade da paciência que eu estou tendo. A casa caiu, velho. Pegamos todo mundo. Seu nome aparece em todas as escutas telefônicas.

— Eu já expliquei o porquê para o delegado. Era eu que atendia os telefonemas da firma. Se o senhor ouvir, vai ver que eu tirava pedido e pagava as contas. Nada demais.

— Cadê o contrato de trabalho? A carteira assinada?

— Se o senhor for prender todo mundo que trabalha na informalidade, não vai caber.

— E o filho da puta ainda tira sarro. Manda lá para baixo. Não, desce não. Quero esse cara aqui até o final do meu plantão.

Ele entrou na cela da sala dos investigadores no momento em que estavam todos de frente para a parede. No centro, dois agentes seguravam um homem. O punho fechado do terceiro. O barulho seco. A urina escorrendo pela calça. Menos espaço para sentar. Até que a poça seque de vez. Então, chamaram o nome dele. Abaixou a cabeça, sentiu o golpe e caiu de novo.

***

O chefe dos investigadores passou por ela. Deu um sorriso. Abria e fechava a mão esquerda, que era amparada pela direita.

— Por favor! Desculpa incomodar. O senhor sabe se ele já desceu? Se comeu? Eu posso trazer comida, se o senhor deixar.

— Não se preocupe, ele está bem. Já desceu, sim. Ele reclamou de dor de estômago. Será que tem acidez? Vá embora. Amanhã eu dou um jeitinho da senhora falar com ele.

— E vou te trazer um bolo como agradecimento.

O advogado, então, interpelou o Língua Presa.

— Eu quero falar com meu cliente.

— Não vai dar, doutor. A gente está aqui com uma ocorrência enorme. E lá no xadrezinho só estão os presos de outro inquérito.

— Eu vi subirem com ele. Passou agora há pouco no corredor.

— Erro da carceragem lá de baixo. Ele já voltou. Amanhã eu dou um jeito. Venha à tarde, por favor, para não perder seu tempo. Nem o meu, não é verdade?

***

Passavam das nove da noite quando ela saiu da delegacia. Não via a hora de chegar em casa.

Na mesa da cozinha, a *Gramática de usos do português* esperava como faz uma avó contadora de histórias. Ela abraçou o livro e o polegar escolheu a página 94: *"Exemplo: Na rua, o ruído do motor se distanciando soava melancólico assim como* ***o desmoronamento da última ponte*** *que ainda a ligava ao mundo lá fora".*

O desmoronamento da última ponte estava em negrito! Era um sinal do tarô. O isolamento do mundo.

Meu Deus! Isso está só começando.

Gerúndio

A sujeira agarra no corpo como se tivesse cola. Envelheceu e estava sujo. Vestido do mesmo jeito desde que foi preso. Sem autorização para trocar qualquer peça do vestuário. Oito dias. Nada que ela levou até a delegacia chegou às mãos dele. Fazia parte do jogo do delegado. Pressão psicológica. Cheirava azedo. As unhas cresceram e abrigavam uma fila indiana de pó amaçarocado com o suor, bem rente à carne. Sentiu vontade de enfiar a unha dela e tirar aquilo dali debaixo. Não podia. Era uma mulher incapaz diante de um homem sujo.

E a sujeira, na sua audácia, se enfiava nos vãos do corpo. No meio dos dentes, nas dobras do braço, entre os dedos. Quando ele entrou na sala e ergueu a cabeça, ela o abraçou na esperança de que seu perfume se jogasse nos braços, pernas, cabeça dele. Secretamente mandava que corresse para limpá-lo no instante do abraço. Ela queria que o afeto fosse um bálsamo a tranquilizar o corpo.

***

— O senhor não toma banho?

— Como? Não tem sabonete, a água é pouca e gelada. Também está cheia de ferrugem e cheira mal. E eu não posso trocar a roupa. Não tem como me manter limpo assim. O senhor não deixou que eu trocasse sequer a cueca.

— Sei, sua família trouxe essa roupa pra você trocar.

— Que alívio.

— É? Então pode voltar a ficar desesperado porque se você quer viver decentemente, só tem um caminho!

— O que o senhor quer de mim?

—Você sabe.

***

Foi de repente. Ela chamou pelo chefe dos investigadores para saber se podia levar ao menos um sabonete para que ele lavasse as mãos. Quando foi falar, o futuro desapareceu. O verbo saía claro da mente e não chegava boca afora.

— Quer falar comigo?

— Estarei trazendo um sabonete amanhã se o senhor deixar.

— Oi?

— Desculpe. Não sei o que está acontecendo, estou me esforçando para falar de outro jeito. Não está dando certo. Estou ficando nervosa.

— Eu me compadeço do seu sacrifício. A senhora não merece mesmo. Vá para casa. É muito tempo na delegacia, minha senhora. Se ao menos ele colaborasse, não é mesmo? Queria muito poder ajudá-lo, mas ele tem que querer também, compreende? E esse advogado que a senhora arrumou, aconselhou errado para ele não dizer nada, só em juízo. Olha que besteira.

— Por que o senhor está achando isso?

— Porque quem cala consente. Diz o ditado, diz a vida.

***

— Se o senhor entendesse!

— Eu vou meter a mão em você, seu cretino. Era para estar em casa, descansando. Não! Tô aqui. E você sabe por que eu não fui embora ainda? Porque no meu caminho tem um filho da puta mentiroso. Cê tá entendendo? Diz logo, abre o jogo, vai, fala.

— Quando o delegado vai falar comigo de novo? Isso aqui é legal? Manter uma pessoa na carceragem da polícia. E que prova é essa que o senhor tem contra mim? Investigaram o cara errado. Eu sei lá, talvez o senhor esteja interpretando errado alguma coisa que eu falei no telefone.

— Sabia que tráfico internacional é inafiançável? E a carga? Sem procedência, sem nota fiscal?

— Eu nunca vi essa carga. Onde é que foi apreendida? Por que tem que ter ligação comigo?

— Porque você era o gerente, animal.

— Eu trabalhava na contabilidade. Se a empresa cometeu alguma falcatrua eu não tenho nada a ver com isso. E que cocaína é essa? Eu não sei do que é que o senhor está falando. Não faz sentido nenhum.

— Cara! Você me irrita tanto, mas tanto que eu não vejo a hora de me livrar de você, seu sem futuro de merda!

***

Ela não sabia mais conjugar no futuro. Seu último recurso foi esticar o tempo presente. Era o mais longe que conseguia chegar. Tornou-se um sacrifício o diálogo mais banal. Estamos "endo", "ando" e "indo", respondia ela para o que fosse perguntado. Desculpe o transtorno! Estamos trabalhando para resolver essa situação, disse em pensamento. Enquanto isso, fique em companhia do passado. Ele foi tão gentil! Aproveite a cama. Não se levante. É tão cedo pra quem não pode fazer nada.

Já que levantou, coa um café para nós duas. Sua memória, minha querida, pre-ci-sa sentir o cheiro que a queda d'água fervendo produz quando derrama sobre o grão torrado e moído. Esse cheiro me dá vontade de suspirar. Primeiro o café, depois a gramática.

Tomou café e abriu a gramática na página 188. Encontrou o gerúndio, um parceiro quando se quer expressar a simultaneidade ou uma ação que está em curso.

Havia naquela página um exemplo que, para ela, expressava o tormento em que vivia: *Exemplo: "É possível que esteja sendo submetida a uma prova".*

***

— Desculpa.

— De que culpa se não tem nenhuma? Estamos sofrendo uma injustiça.

— Essa situação.

— Estamos sendo vigiados.

— É. Eles querem dinheiro, eu acho. De quem, se a gente não tem? Ou é deles, dos donos, e estão me usando. Sei lá, não consigo entender.

— Amanhã de manhã vou estar cuidando desse assunto. Estou vendendo a casa.

— Não, não faz isso. E desculpe por fazer isso com você.

— O quê?

— Você perdeu o futuro. Eu também!

***

Quando chegou em casa, viu um carro com vidro fumê estacionado do outro lado da rua. Não deu para ver se havia alguém lá dentro. Mas assim que a chave deu a segunda volta no portão, o motor ligou e o carro seguiu em frente. Não teria notado se não estivesse voltando de uma delegacia, um lugar contaminado pela desconfiança. Fato é que pela fresta da janela ficou observando a rua na sua quietude exagerada. Tudo normal. Deve ser a delegacia, pensou, que muda o jeito de ver o mundo.

Tomou um chá de gengibre com hortelã. Depois fez um gargarejo com vinagre e sal. Queria que o gerúndio ardesse na garganta e morresse antes de ser pronunciado.

O futuro, escreveu na gramática, tempera a vida com sal grosso. De longe se vê apenas o brilho dos cristais que o compõem. Se tiram o sal, não é mais mar.

Autópsia

Na cabeça dela havia um elástico prendendo vinte centímetros de cabelo liso. Um pensamento ainda latejava quando foi pincelado: se a polícia erra, como é que faz para consertar?

No braço esquerdo, uma queimadura de três centímetros formada pelo bolo de chocolate tirado do forno quando ainda era massa mal assada. No direito, duas lesões perfurocortantes nos dedos, cada uma com cerca de três milímetros de profundidade. Ambas provocadas (noventa e oito por cento de chance) por uma faca mal afiada. A conclusão se baseou no naco de carne arrancado do lugar.

O joelho direito estava esfolado e na bacia havia um hematoma compatível com a quina da mesa da cozinha. No pescoço não foram encontradas lesões. Dentro da boca, várias úlceras provocadas por mordidas. Os dentes praticavam antropofagia e a gengiva contraiu. O coração estava fechado e triste. Os ouvidos mereceram especial atenção. O tímpano escancarado, deixando passar qualquer som. Ouviu mais do que devia.

Foi isso que viu.

***

— Pronto para sair?

— Até que enfim.

— Acabou o prazo da prorrogação da temporária.

O chefe dos investigadores, sempre sorrindo, mandou que um dos investigadores chamasse o advogado, que aguardava do lado de fora.

— Chama o advogado que eu faço questão que ele dê a boa notícia.

— Dez dias aqui dentro. Vou jogar essa roupa fora. Tomar um banho que dure a noite inteira. Chuveiro elétrico, abraço quente, nem acredito.

***

A estratégia do advogado exigiu nervos de aço. Em nenhum depoimento dado na delegacia foi dita qualquer coisa. A todas as perguntas oficialmente feitas, a mesma resposta.

Só falo em juízo.

Foi muita coragem quando a vontade era dizer:

Ei, me prenderam para me extorquir. Corrupto dos infernos. Até o dinheiro da minha carteira você tirou, seu safado. Até o chaveiro você pegou, desgraçado. Foi para me roubar que você me prendeu, nojento.

O advogado sabia que aquele inquérito não buscava a verdade e o desespero do acusado era uma arma perigosa apontada contra ele. Às vezes, disse o advogado, a pessoa se enrola em perguntas maliciosas, cheias de pegadinha. Melhor ficar quieto.

Dentro da sala dos investigadores, o chefe olhava para o preso como se visse um alvo na frente.

Um cruzado no meio das fuças, seu merda. Meto uma bala na sua testa de corno, seu imbecil. Abre a palma da mão que eu quero ver espuma saindo dessa sua boca mole, seu pão-duro.

Era um duelo silencioso. Entre dois homens que se odiavam. O Língua Presa não aguentou a vontade e se antecipou antes que o advogado entrasse.

— Pronto para passear? Saiu a preventiva, seu merda. Eu falei que mando no juiz, mando no delegado. Mando em você. Quis o caminho mais difícil, agora aguenta. Preventiva não tem audiência de custódia, velho. Vai mofar até seu inquérito virar processo. Seu processo virar audiência. E sua audiência acontecer. Quem manda ser besta, seu ordinário? Seu chofer tá te esperando, desgraçado.

***

Quando recebeu a notícia, ela estava assando um bolo para levar para a delegacia. Dessa vez a ideia era que ao menos um pedaço chegasse até ele. Deu um grito no telefone. E começou a chorar. Desmaiou. Sozinha em casa.

***

O advogado, então, entrou na sala dos investigadores e trazia consigo uma petição.

—Você vai ter que ser forte. Eu vou dar entrada amanhã cedo, sábado, no plantão judiciário.

— Para onde eles vão me levar, doutor?

— Para a penitenciária.

— Como? Não deixa. Eu sou obrigado a ir? Eu sou inocente, entendeu? Não posso ir para a cadeia se eu sou inocente. Cadê a Justiça?

***

Assim que recobrou a consciência, ela fechou a casa e foi para a delegacia. Chegou às nove e meia da noite. Correu até a parte de trás, guiada pela movimentação que acontecia, com viaturas posicionadas. Ele saiu junto com outros três. Ela se aproximou do Língua Presa:

— Por favor, me deixe apenas dar um abraço nele antes.

— Que esculhambação é essa? Isso aqui é trabalho sério.

— Se não deixar, eu faço um escândalo. Deito na frente dessa viatura.

— E morre.

— Por favor.

— Rápido. Meu, eu tenho um coração mole pra caramba, sabia?

Ele estava algemado. Com as mãos para trás. Cabeça baixa. Era a figura de um preso comum. Naquela postura, em nada se parecia com um inocente.

***

— Estou com medo. Quando eu entrar no presídio, ninguém mais vai acreditar que eu sou inocente. Eles vão me levar para uma penitenciária não sei onde e depois pode ser que levem para outra. Não sei. Não sei nada. Por que isso está acontecendo? Eu vou acabar dentro de uma prisão. Acabou pra mim. Você sabe que eu sou inocente, não sabe?

— Não tenha medo. Estou com você. Todos os dias. O que você é segue sendo, inocente. Para onde vão te levar agora?

— IML. Depois, não sei.

— Eu te acho.

— Eles não vão te dizer para onde vão me levar. Enfiam nessa droga de carro e, se os presos não te aceitarem, mudam de novo. Enquanto isso, fico vagando de um lugar para outro.

— O advogado vai entrar com *habeas corpus*. Eu te acho.

— A gente se despede aqui. Não quero você na cadeia.

— Imagina. Nunca. Eu vou te tirar de lá. Eu juro.

***

Chegou em casa, abriu a porta do banheiro e, olhando bem para a imagem desalmada, resolveu fazer a autópsia. Apertou o elástico no cabelo. Foi ao banheiro.

O laudo foi colocado no bolso da calça jeans que ela nunca mais usou depois que o viu entrar no camburão e o carro, em velocidade incompatível com a rua, cruzar em direção ao IML. Naquela noite, os dois se enxergavam mortos.

***

O camburão entrou pela porta lateral do IML. Ele e os outros presos precisavam passar pelo exame de corpo de delito antes de serem levados para a cadeia. Ele sentiu a perna tremer de forma incontrolável. Viu macas com corpos passando. Estava assustado. Na saleta de porta aberta havia uma médica.

— Tire a roupa.

— Toda?

— Óbvio.

— Te bateram?

O exame é realizado na frente do policial e é com ele que a viagem continua depois, até a cadeia de destino.

— Não.

— Esse hematoma na barriga?

— Caí.

A médica não questionou o que tinha cara e tamanho de um soco. Com o outro preso, a mesma coisa. Ele tinha escoriações nas costas, um dente a menos e várias marcas parecidas com beliscões. Disse que veio assim da rua. E a médica não duvidou. Se tem um lugar em que a palavra de preso tem poder, é dentro do IML. Mesmo que a evidência de tortura seja clara, se ele falou que não foi, não foi. A doutora foi a primeira pessoa fora da delegacia a olhar para eles todos, sem distinção, como se fossem bandidos. E ele, ao olhar de volta, deu-lhe todo o desprezo que podia. Estava definitivamente à margem da sociedade.

***

A imagem dele abaixando a cabeça, entrando no camburão, se repetia na cabeça dela. Era bruta e violenta. Selvagem, sobretudo porque arrastava um inocente acuado e talvez arrependido de confiar na verdade.

Ela viu, durante a passagem pela delegacia, a prisão temporária de cinco dias ser prorrogada para dez, tempo máximo, e o mesmo juiz decretar a preventiva para mantê-lo encarcerado. O que convenceu aquele homem da culpa de outro? — ela se perguntava. Quando é que a versão do acusado será ouvida? — ela queria saber. Então a polícia prende e pronto? E se a polícia erra, como é que faz?

A certeza da inocência é um fardo que o injustiçado carrega sem um minuto de sossego. É castigo dobrado.

Se tivesse conseguido ler o exemplo na página 197 da gramática, teria se animado um pouco com a verdade da vida. Mas só passou os olhos, como quem faz uma ronda: *Exemplo: "Olha o rio, o velho amigo nosso, ele não fica desanimado e a gente sabe bem como é difícil o seu percurso".*

Reconhecimento

De volta à viatura, os olhos dele correram o assoalho de latão. A porta estava aberta para a chegada dos outros presos, ainda no IML. Pensou em fugir. Sair correndo. Estava sem as algemas. Não por descuido da polícia. É que ele era um homem derrotado e os policiais reconheciam alguém incapaz de reagir. Precisava de um milagre.

Olhando pela treliça dos condenados, não tinha mais fé.

Ressuscita-me, Justiça! Por onde você anda, sua cega-surda-muda? Sua espada é seu cajado. Um disfarce para sua perna manca, que te faz pender mais para um lado que pro outro. Onde está aquele ar austero? Devolve a minha honestidade. Tira tua mão imunda da minha honra. Para de acreditar em tudo que te contam. Olhe as provas. Elas também estão gritando: escuta-me. Não tem vergonha de mandar um inocente para a cadeia? Não lhe causa remorso? Um juiz quando erra é como um deus que castiga. Para quem a gente pode recorrer? Sua vaca! Depois da Justiça vem o quê? O que é que eu posso contra você? Hein?

Desviou o pensamento para não enlouquecer dentro da viatura. Do lado de fora, um policial discutia um ponto de vista com o guarda da escolta. Achou que era dele que falavam.

— Agora é tudo inocente, né? Já viu bandido dizer que é culpado? E se o cara caiu, é porque estava no merecimento. Não fez, mas ia fazer. Eu sei porque tenho experiência. Vamos supor que o preso seja inocente. Aí é com a Justiça. Não tenho culpa se ela anda feito uma lesma. A minha parte é prender quem eu considero que é bandido. Está pagando de inocente? Sinto muito. Deu azar. Se de vez em quando a gente erra, ninguém conta as vezes que a gente acerta. Né?

★★★

A remoção dele para um presídio foi dolorosa para ela. Não tinha mais que ir à delegacia. Começou na sexta-feira o tempo da espera. O advogado informou pela manhã que tinha dado entrada no pedido para a soltura e que o preso, quando entra no sistema, tem um período de adaptação de dez dias. Fica afastado da comunidade carcerária e dos familiares. O cabelo é raspado, as roupas que vieram da rua ou são jogadas fora ou vão para um depósito. Serão usadas por outros presos no dia que ganharem a liberdade. A roupa, o corpo, perdem a individualidade e pertencem ao Estado.

Ouviu em silêncio. O advogado continuou a apresentação das regras do jogo. Depois dos dez dias, a família providencia a carteirinha de visitas. O preso coloca o nome no rol dos aptos a visitarem. Se ele não fizer, o familiar não pode nada. Nem visitar nem mandar mantimentos. Nem cartas. O primeiro passo é ele te aceitar como visita.

— Eu sei que não é o caso e por questão protocolar preciso informar. Para fazer a carteirinha, vai precisar de um atestado de bons antecedentes. O parente não pode ter qualquer pendência. Quando tudo estiver pronto, aí, no primeiro fim de semana seguinte, poderá visitá-lo.

— E se ele for transferido nesse meio-tempo?

— Começa tudo de novo. Eu sinto muito. Mas essa é a regra.

***

— A primeira coisa que eu senti? Foi minha perna bambear. Como se meu passo seguinte não tivesse pé tocando o chão. Depois senti vontade de gritar. Fiquei quieto. Aí eu senti o cheiro de piolho e de gordura de porco. Olhei e não achei lugar para sentar na cela. Fiquei de pé o máximo que pude. Até que o chefe chegou. E decidiu meu raio, meu xadrez e as minhas companhias. Eu não tinha mais cara de inocente porque tudo em mim transpirava vontade de vingança. Estava irreconhecível para mim mesmo. Foi a primeira vez que me senti culpado. Eu tinha cara de culpado. Desculpa me abrir assim com você.

***

A conversa com o advogado tornou o dia pior. Ela desenhou com a ponta do dedo na toalha uma ampulheta com o funil estreito demais. O tempo não corria normal, emperrava para passar. Marcava assim a hora arrastada de quem espera.

Continuou sentada de frente para a mesa, do lado da fruteira. Ali havia uma manga embrulhada numa revista que pegou não lembrava onde. Serviu para encapar a fruta e apressar o processo. Furtar o tempo do amadurecimento.

Obrigada a amadurecer tão rápido, a casca se encheu de pontinhos pretos tirando aquele tom vermelho-laranja que faz a manga ter a cor de um pôr do sol de outono. Ainda que capaz de produzir suco, a manga nunca mais se recuperaria da condição imposta. Ela foi apodrecendo depois que mexeram no seu relógio biológico. Viu que a fruta perdeu doçura. Resolveu usar mesmo assim. Enquanto batia o suco, compensando com mais açúcar que o usual, visitou as dependências em que a manga passou os últimos dias. Em letras miúdas no canto superior esquerdo estava escrito "Matéria de capa".

Em letras graúdas ocupando a linha toda: "Juízes, promotores, policiais e falso testemunho". Embaixo do título, em letras intermediárias: "Os Quatro Cavaleiros do Apocalipse levam dois homens a cumprir vinte anos de prisão por engano".

Uma manga envolvida em tamanha injustiça não podia mesmo continuar doce. Como todo cativeiro tem história, sentou-se para ler aquela.

Peste, guerra, fome e morte. Os Quatro Cavaleiros do Apocalipse entraram em Washington (EUA) e em Pernambuco (BR) para anunciar a Clyde Spencer e Marcos Mariano da Silva o fim do mundo. Acabou, disseram sem mais nem menos. Estavam de toga, de farda e os últimos à paisana. Sentenciaram sem nenhuma dúvida o americano Clyde e o nordestino Marcos. Os nomes lançados no rol dos culpados.

Um policial e um mecânico. Nunca se viram. Se ficassem em pé um diante do outro, teriam que vencer seis mil, setecentos e noventa e quatro quilômetros em linha reta para um aperto de mãos. No entanto, carregavam uma trajetória semelhante. Ambos foram vítimas de uma das maiores injustiças da Justiça em seus países de origem. Quase vinte anos entre grades e muros altos. Entre homens e castigos.

A trajetória dessas duas pessoas foi interrompida em 1985. Praticamente ao mesmo tempo. No ano em que sentiram a mão pesada da injustiça, cientistas descobriram um buraco na camada de ozônio em cima da Antártida. O México foi sacudido por um dos piores terremotos e enterrou dez mil pessoas. Na França, nasceu Omar que, trinta anos depois, amarrou um arsenal na cintura e entrou numa boate chamada Bataclã deixando para trás dezenas de feridos e uma carnificina terrorista que somou cento e vinte e nove mortos.

Os Quatro Cavaleiros viram no ano uma oportunidade. Sentaram-se de frente para Clyde Spencer e Marcos Mariano. A injustiça esfomeada. A peste de uma polícia corrupta ou apressada. A morte à honra provocada pelo falso testemunho. E a guerra que é lidar com uma pena sem ter culpa. É essa a história que a "Matéria de capa" revela agora para seus leitores.

Não olharam no fundo dos olhos de Clyde Spencer quando lhe disseram a sentença. Ele tinha trinta e sete anos quando viu fecharem as portas que nunca mais lhe seriam abertas. Prisão perpétua por ter abusado sexualmente de seus filhos pequenos. Numa matemática sem o menor cabimento lógico, foi condenado duas vezes à prisão perpétua e mais catorze anos. Como se fosse possível um sujeito que não ressuscita cumprir tal sentença.

Clyde saiu de cena graças a uma armação. O chefe do departamento de polícia era o amante da senhora Spencer e arranjou um jeito de tirar o marido do caminho.

No caso de Marcos Mariano, a polícia não sentiu falta de um "da" entre os nomes. Nem se deu ao trabalho de checar filiação. Acusado de assassinato, Marcos passou seis anos aguardando o julgamento. Foi solto quando o verdadeiro assassino e réu confesso foi preso. Marcos Mariano da Silva era inocente. Marcos Mariano Silva, o culpado. Foi posto em liberdade tão logo o homônimo confessou ser o assassino. O da Silva estava livre como nunca poderia ter deixado de estar.

Três anos depois, um outro erro levou Marcos-inocente de volta pra cadeia. Numa batida policial de rotina, o homem constava como preso. E pela lógica dos policiais, se estava ali, diante deles, só podia ser fugitivo. Por um outro erro, a soltura dele não fora comunicada ao cartório.

Marcos bem que avisou ser inocente. Mas a polícia estava acostumada com essa ladainha.

No dia 27 de setembro de 1985, uma sexta-feira, o juiz Aquino de Farias Reis, mais tarde desembargador, tomou a decisão de praxe em casos como aquele. Mandou Marcos de volta para a cadeia enquanto analisava o caso. Foram mais treze anos de espera pela audiência. Quando chegou sua hora, Marcos estava tuberculoso e cego das duas vistas. Foi ferido por uma bomba jogada durante uma das quatro rebeliões que presenciou no presídio.

Tanto Marcos como Clyde viraram, à revelia, mártires de uma causa: inocentes são presos. O Brasil tem a terceira maior população carcerária e cresce oito por cento ao ano. Dois em cada três presos tem até vinte e nove anos. Em cinquenta e seis por cento dos casos, a palavra do policial é a única prova de acusação. Nos casos envolvendo tráfico de drogas, sobe para noventa por cento. Cumprir parte da pena antes da sentença atinge quarenta e dois por cento dos detentos. Os dados são de um instituto, curioso pelo nome que tem. Formado por advogados, o Instituto de Defesa do Direito de Defesa foi criado para garantir que toda pessoa tenha um julgamento justo. Se existe o Instituto é porque o que deveria ser regra não o é.

O que restou a Clyde e Marcos foi processar o Estado. Os dois eram cinquentões quando deixaram a prisão. Aqui a história de ambos se cruza pela última vez. No ano em que Clyde entrou na Justiça atrás de reparação financeira pelo que lhe fizeram, Marcos ganhou a dele. Perdoou o estado de Pernambuco pelo acontecido. Recebeu uma parte pequena do dinheiro e em 22 de novembro de 2011, o Supremo Tribunal de Justiça concedeu uma indenização de dois milhões de reais pelas injustiças que sofreu. Ao receber a notícia, Marcos sofreu um infarto e morreu. O dinheiro não foi pago e o processo está em segredo de justiça.

Até a publicação da "Matéria de capa", Clyde espera pela reparação financeira. Um juiz anulou a sentença que concedia uma indenização de nove milhões de dólares. O caso segue em discussão.

Pra quem acha que Marcos, de alguma maneira, foi reparado ganhando mais do que conseguiria na vida, vale a pena ouvir o que ele próprio disse em um documentário feito pela produtora de vídeo brasileira Touareg.

"Dinheiro pra mim não é influência. Nada de conforto material aqui da terra enche mais o meu vazio e o meu coração. Influência pra mim... é mais uns dias de vida. Deus é quem sabe quando pode me tirar. A hora que ele tirar, pra mim, eu acho uma decência."

Ficou olhando para o que leu como se fosse possível apagar histórias cruéis. Dobrou os papéis e os colocou na gramática. Página 956. No capítulo, o subitem falava sobre o ponto final.

Data maxima venia!

Abriu a marmita para ver se estava tudo em ordem. O arroz e o feijão dançavam de um jeito tão íntimo, que ela pensou serem os únicos bem-casados dentro do ônibus que a levava para o presídio. Olhou aquele agarramento a despeito da vida fora do *tupperware*.

Voltava pela segunda vez. A primeira que iria entrar. Quase dois meses sem ver o Ente Querido. Leu e releu a lista de mantimentos com medo de errar. Estava nervosa e seguiu todas as orientações dadas pelo advogado:

No dia da visita, nenhuma peça da roupa pode ter zíper ou botão. Bainhas são um problema. Melhor desfazer. Mulheres não podem usar sutiã. Usam top. Todos precisam estar de chinelos de dedo. Homens com calça de moletom.

— É uniforme?

— Quase. A camiseta, sem letras escritas. O agente penitenciário pode pensar que é mensagem e você não entra.

— E quem não tem top?

Na rua que antecede o complexo penitenciário, os dois lados do acostamento eram das barraquinhas que vendiam e alugavam artigos para quem precisasse entrar no presídio. Viu espantada a marca de cigarros que ela não tinha encontrado nas padarias nem mercados do bairro e que constava como única aceita na lista do jumbo.

Em outra barraca, calças legging à venda e de agasalho

para os homens. Com elástico na cintura. Do lado oposto, numa papelaria improvisada, caneta esferográfica azul, papel de carta, caderno sem espiral. Selos. Vendidos na quantidade exata. Dez. Mais à frente, não entendeu. Uma Kombi, e as pessoas deixavam seus celulares com um moleque. Não levavam nada que comprovasse a entrega. Também não precisavam. Para quem fosse de carro, a chave ficava dentro de um caixote forrado com plástico preto. Dois reais. Mesmo preço do aluguel do top. Tamanho P-M-G-GG.

Estava começando a conhecer o submundo e sua lógica própria. Pensou. O reverso da vida é alinhavado com linha de péssima qualidade.

Não se importou em carregar os quinze quilos do jumbo. Pesadas estavam as saudades depois das transferências e a ida e vinda de documentos para a carteirinha.

***

— O senhor pode me fortalecer com um pedaço de sabonete?

— E por que eu vou sustentar vagabundo?

— Porque eu ainda não consegui receber nada da minha família, por causa das transferências eu me encontro numa situação precária provisoriamente. Quando minha família me encontrar, faço questão de pagar o senhor. Eu vou pedir que pague um jumbo para a sua família, pronto. Pode ser assim?

— Gostei. O que mais?

— O senhor pode me fortalecer com um pouquinho do papel higiênico?

— Não. O que mais tem em troca desse empréstimo.

— Posso dar um maço inteiro de cigarros por mês, pela

atenção. Confia em mim, estou aqui por engano, sabe? Tenho fé que vão perceber o erro. Esperando pela audiência para explicar ao juiz. O senhor está esperando há um ano? Caramba. Assim eu perco a esperança. Faz isso comigo, não!

★★★

Na porta da penitenciária, ela aguardava a vez. A expressão no rosto era de medo.

— Primeira vez que você vai entrar?

— Sim. Muito nervosa. Não sei como é. O que eu tenho que fazer.

— Não fale com ninguém. Só responde o que te perguntarem.

— Aqui tem o scanner. Não precisa passar pela humilhação, não é?

— Quê! Eu acho pior. Semana retrasada uma mulher foi levada para o hospital por causa desse scanner que só atrasa a visita. A agente achou que no útero dela tinha droga. Mandou para o procedimento de rotina. Tira toda roupa, abaixa até encostar o peito no joelho. Aí pula. Um. Dois. Três. Antigamente era pior porque tinha espelho no chão.

— E o que aconteceu com a moça?

— Como não caiu nada de dentro dela, chamaram a polícia. E a fila ficou empacada. Algemaram e levaram para o pronto-socorro. Aqui perto. Uns dez quilômetros para frente. Estava até com a filha pequena, de uns quatro aninhos. Semana passada que eu vim saber o desfecho. O médico fez exame de toque e também ultrassonografia. Acredita?

— Era droga?

— Não. Um defeito dela mesmo. Acho que mioma, não

sei direito. Se ela entra na Justiça tem indenização na certa. Pobre quando ganha dinheiro só pode ser na desgraça, né? Teve uma menina burra que ficou sem comer e desmaiou. Pensando bem, coitada. Achou que com o estômago cheio demais não ia passar pelo scanner.

Ela quase achou mesmo que o melhor era o método antigo, apesar de vexatório.

— Essa revista sem o scanner, como é que é? É uma pessoa por vez?

— Imagina. Você, umas oito, nove mulheres na mesma sala. A gente pede para as crianças fecharem os olhos. Ficar nua na frente delas tira a decência da gente. E se demonstrar que está com vergonha demora mais. De vez em quando acontece a revista íntima porque o scanner quebra. E entre ficar pelada e sem ver o ente da gente, melhor se submeter. Tá mais calma agora que eu lhe expliquei tudinho?

Como é bom ter ajuda para entender as regras da casa, pensou. As calouras trazem um fôlego que as veteranas enterram por compaixão.

— Acho que calma não é a palavra.

— Posso falar uma coisa para você? Eu acho que você vai perder a viagem. Não vai entrar de novo.

— Estou de chinelo de dedo, de legging, de top. Por que não?

— Porque tua camiseta tem listra amarela.

— E daí?

— Daí que é a cor da cadeia.

— E como é que eu ia saber?

— Era só ter olhado para a parede. Está vendo? A faixa amarela pintada? Significa que não pode usar essa cor.

Só de pensar na hipótese ela entrou em pânico e começou a chorar. Tirou a camiseta na frente de todos na fila e virou do avesso. Agora não tinha mais listra nenhuma.

Eram mais de oito e meia da manhã e a fila nem tinha começado a se mexer. Mau sinal.

Uma briga na ala das travestis levou pânico para fora do presídio. As visitas foram suspensas. Mulheres com crianças começaram a gritar. Chamaram repórteres. Os missionários que se voluntariavam em frente ao presídio em vão tentavam conter as pessoas mais agitadas. Uma roda de oração teve início.

Na frente da P-5, a confusão foi piorando. Helicóptero sobrevoava a penitenciária. Chegou um rabecão. Depois outro. Uma senhora passou mal e a ambulância levou para o pronto-socorro.

No meio do tumulto, tocou o telefone de uma das visitas. Discreto, o homem saiu de perto da fila. Ela acompanhou com o olhar. E com uma coragem que nem sabia que tinha, pediu notícias.

— O que aconteceu?

— Uma travesti morreu. A outra tá ferida, mas não vai morrer. Briga por causa de homem.

—Vai ter rebelião?

— Claro que não. Porque aí suspende a visita por quinze dias. Tá louca?

— E ela matou como?

— A canetada.

— Que gente violenta.

— Não. Eu não ouvi isso. Fala que está brincando, fala? Aqui só tem bandido, minha filha.

— Tem inocente também. Você está errado.

— Ah! Tá bom.

Veio, então, o comunicado de dentro do presídio. As visitas estavam suspensas naquele dia.

Eu devo ter o corpo fechado. Não é possível. Ou tem mau olhado nesse *tupperware*. Como é que uma travesti briga com outra em dia de visita, meu deus? Gente egoísta. Não deve ter família.

Resolveu sair da frente daquele pandemônio. Tinha vontade de invadir a P-5. O que restava era voltar para casa carregando a bolsa transparente pesada. O refrigerante com a pedra de gelo. Os *tupperwares* abarrotados de comida.

Pela janela do ônibus, viu um vira-lata com a cabeça enfiada na lixeira de uma casa. O cachorro nojento e faminto pelo menos tinha a vantagem de escolher qual lixo estourar. De que banquete de restos se servir.

Toda a comida que levou jogou fora. Não de forma estabanada. Devagar e com uma organização ímpar, pegou um saco de supermercado e colocou o bife picado. As batatinhas assadas com alho. O feijão com caldo grosso já estava misturado com o arroz. Torceu para que um vira-lata faminto fosse até lá e pudesse saciar a fome. Queria que algum condenado pela sorte pudesse se beneficiar de tão belo banquete. Depois, abriu a gramática na página 730:

"Exemplo: Fiquei só, sem parente que me advertisse das traições do caminho".

Sempre lhe causou espanto ver como a gramática explicava a vida.

Eram oito e quarenta da manhã do domingo quando escutaram o grito que deu. Depois uma gargalhada. Dançava, agradecia, chamava de milagre.

A algazarra fez a vizinha ir até a frente da casa para ver o que estava acontecendo. Como podia aquela infeliz se sentir abençoada se o lixo estava espalhado pela calçada? Deve ser porca, essa louca, disse a mulher sem abrir a boca.

Para pôr um ponto final naquela demência, a vizinha gritou:

— Um cachorro sarnento fez essa sujeira toda. Você não se importa?

Ao ouvir o que disse a vizinha, ela se ajoelhou.

—Você vai rezar? Gente!

Ninguém entendeu aquela reação. Ao pegar o saco vazio do supermercado, ela viu que a privação encontrou a fartura jogada no lixo. Viva o cachorro sarnento.

Valete

Era no colchão que ficava o retrato da vida conjugal. Nas noites em que brigavam, um dormia na extremidade do outro. A cama antes espaçosa mudava de tamanho. Ficava pequena para duas pessoas que não queriam se esbarrar de jeito nenhum. Quando o casamento dormia em paz, a cama parecia se esticar feito lençol-luva. Era um desperdício o espaço, tão juntos ficavam os dois.

Havia naquele colchão uma espuma densa e molas ensacadas. Desse modo, o peso ou movimento de um não incomodava o outro. Era muito bom não deixar rastros do deita-levanta. Ainda mais em noite como aquela, véspera da ida ao presídio. A cama, no entanto, parecia empurrá-la para fora. Não encontrou posição que fosse confortável. Nem teve sono que distraísse a ansiedade.

Só os grandes acontecimentos têm véspera. Dia comum tem ontem. Desde que foi levado da delegacia num camburão, eles perderam dois meses de contatos. Primeiro as transferências, depois a documentação da carteirinha, depois a briga entre dois presos. As notícias chegavam por meio do advogado. Único com acesso ao Ente Querido.

Tinham muita carência um do outro. Mesmo com as notícias trazidas pelo advogado, ela queria saber mais, como ele estava vivendo. Tinha convicção de que diante da realidade de outras famílias, a situação era melhor. Condenados com penas acima dos dez, doze anos de cadeia iam para o fundão, apelido das penitenciárias que quase divisam com outros estados. Para chegar tão longe, ônibus fretados particulares saem das imediações de rodoviárias. As passagens são compradas pela internet, feito excursão. O nome que aparece no letreiro do ônibus não é da cidade. É do presídio. Hospedarias com quarto coletivo e banheiro no corredor são as mais disputadas. A depender do fundão onde o preso cumpre a pena, o familiar gasta, em média, metade do salário mínimo por visita. Por isso, é comum que os presos fiquem várias semanas sem ver um parente próximo. Não é abandono. É a pobreza que não deixa. Quando o estado é grande, o fundão é um pesadelo profundo.

Se a palavra sorte cabe em algum canto, ela julgava que a dela estava nos oitenta quilômetros de distância entre a casa e a cadeia. Era muito bom morar perto do presídio. Saindo bem cedo, duas horas gastas de ônibus. Depois, era enfrentar a fila. Muitas mulheres dormiam na porta desde o dia anterior. Não pela afobação. Elas tinham que se dividir porque mais de um parente estava preso no mesmo complexo, em cadeia diferente. De manhã com um, de tarde com outro. E elas precisavam se deslocar com rapidez para pegar a outra fila, passar pela portaria, pelo scanner que verificava os esconderijos dentro do corpo da visita, ter a comida vasculhada como medida de segurança por um garfo que ciscava e transformava o almoço do domingo carregado com tanto cuidado em uma espécie de lavagem para porcos. Aquilo magoava as mulheres. Muitas vezes, esse garfo chegava na macarronada de pouco molho levando o caldo do feijão do *tupperware* anterior. Um ancinho nivelando e desagregando tudo.

Depois de entrar no raio, elas precisavam encontrar o ente querido no meio da multidão. Todos eram obrigados a ficar no pátio, mesmo os sem visitas, ainda que chovesse, para que as intimidades entre homem e mulher se cumprissem nas celas.

Exaustas, as visitas voltavam no final da tarde carregando os *tupperwares* vazios na sacola transparente. Era só isso que podiam trazer de volta. Se fossem pegas com algum bilhete, mesmo uma carta entre pai e filhos, a falta grave merecia punição para o preso, levado ao isolamento, e a família perdia o direito à carteirinha de visita. Então, não se atreviam a carregar nada além dos potes de plástico.

Ela foi se informando, na medida em que o tempo passava, pelos grupos de apoio formado por familiares. Por isso, era tão importante descansar. Deveria estar dormindo na cama macia e limpinha para as emoções e protocolos do dia seguinte.

Acontece que ideia ruim tem persistência. Ela voltou a se revirar no colchão de casal enquanto pensava nas baratas dentro do presídio. Queria ir de cabelo preso por causa de piolho e não podia entrar com elástico. Nem grampo. Pensou também no que nunca lhe ocorrera antes. Como faz o Ente Querido na hora de deitar?

Descobriu que onde não existem reis ou damas, o que impera é o valete.

***

— Licença aí. A gente vai dividir o colchonete. Saí do boi. Chegou gente nova, não sabe o meu alívio.

— Conhece a regra?

Era elementar. Se a situação fosse vista numa planta baixa, os dois homens estariam como na carta do baralho. A cabeça de um em cima, a outra do lado contrário. Foi o modo que a cadeia ordenou a divisão de espaços depois que ficou superlotada.

— Melhor levar um coice na cara que sentir o hálito de outro homem na nuca — ele disse, querendo fazer graça.

— Está sabendo que homossexual não senta na nossa cama? Nem a gente na deles. Aqui tem um, e ele não quis ficar com as bichas porque elas brigam muito. Também não pode beber nada no mesmo copo que ele.

O colchonete tinha a grossura de dois dedos em pé e o comprimento de um homem de estatura média deitado. Pelas regras, o parceiro de colchão deveria dormir sem flexionar os joelhos. Reto como um cabo de vassoura. E coberto cada um com seu lençol. Esse sim, individual, enviado pela família. A essa posição, cabeça de um no pé do outro, foi dado o nome de valete.

Quem seria o seu valete? O lado oposto de cada um?

— Quanto tempo eu fiquei no boi? Dois meses e doze dias. Do lado daquele buraco ligado no esgoto, nojento.

Era o lugar mais impossível de ficar dentro da cela. Aproveitava o tempo no banho de sol para dormir sentado.

— Eu não via a hora de ter valete. Essa regra foi uma grande sacada, pensa? Porque a gente tá junto e, ao mesmo tempo, sem nenhuma intimidade um com outro.

— É o jeito para o particular de cada um.

— A gente dorme juntos e separados num espaço que cabe um. Engenhoso. Saiu tua condenação?

— Nove anos, três meses e dois dias. Sabe o que me deixa zoado? Como é que o juiz faz essa conta.

— Deve ser do mesmo jeito que o padre quando manda rezar ave-maria depois da confissão.

— Bem lembrado.

***

O dia começou às três horas da manhã quando ela deu bom dia à vitoriosa insônia. Levantou e foi até a gramática, que estava do jeitinho de sempre. Em cima da mesa. Na página 65 encontrou um texto que explicava o seguinte: toda vez que o sujeito deixa de praticar e passa a sofrer a ação, o que está em curso é a voz passiva. Na oração, esse sujeito se torna paciente e quando se usa essa voz a ênfase não está no sujeito e sim no fato.

Olharam para o fato sem se dar conta da impossibilidade de o sujeito praticar a ação, ela pensou. Aquilo justificava a prisão arbitrária e sem provas de uma pessoa. Só através da gramática conseguia entender a sinistra relação que as normas guardam em si.

***

Se eu te encontrar na rua, caso um dia eu voltar pra rua e der de frente com você, como devo proceder? A gente finge que não se conhece ou em respeito ao tempo convivido apertamos a mão um do outro? Desculpe a pergunta parecer sem nexo. É que eu nunca dividi a cama com um desconhecido. Pensando melhor, se eu te encontrar, vou fazer um aceno. Pronto. Porque não dá pra fingir que não te conheci. Você não precisa responder. O esquecimento é uma necessidade tão grande que eu vou te entender. Fomos valetes na vida. E isso basta.

— Que é que você tá me olhando?

— Nada. Só pensando nessa história de valete. Deixa pra lá.

Futuro do pretérito

— Eu não vou conseguir ficar nesse lugar nojento. Eu estou com muita raiva. Muita. Eu olho para essa grade. Eu não me conformo, entende? Como é que trancam uma pessoa sem provas contra ela? É a palavra de um contra a do outro. Eu não acredito mais em nada. Eu vou mofar nessa água podre que enche a gente de furúnculo. Eu tenho sede e não vou tomar essa água de jeito nenhum. E hoje eu acordei sentindo enjoo, calafrio.

— Em vez de refri, pede pra tua família trazer água. Aí vai economizando. E troca o cigarro por água. Você não fuma mesmo.

— Até agora não consegui receber nada. Sem jumbo. Sem visita. Até quando?

— Semana que vem ela entra. Você sabe que sim. As bichas foram se matar e deu esse descaso todo. A outra, quando sair da solitária vai ter que pagar para a cadeia toda.

— Eu não estou aguentando mais esse lugar.

— Você precisa ocupar a mente com outra coisa. Por exemplo, ajudar nas atividades. Você pode escrever cartas para os irmãos que estão na precisão.

— Ah! Tá. Imagina. E se for código? Uma carta que, na verdade, é um recado para os comparsas. Com a minha letra, inclusive? Aí eu me ferro de vez.

— E você já não se ferrou? Eu, hein. Vive aí no teu egoísmo.

Pelo tom da voz ele percebeu que não foi bom o que disse. Qualquer palavra dentro de uma cela tem que ser ponderada de todas as maneiras. É preciso escolhê-las com cuidado, como quem separa o feijão do caruncho, para não apodrecer as relações. O que vai contar também tem que ser pensado antes de ser dito. A realidade não é feita de fatos. É costurada nas interpretações. Um mal-entendido pode começar uma guerra. Também sabia que tentar um conserto seria visto como covardia e isso lhe tiraria o pouco respeito que a muito custo começava a ganhar. Ele errou e seu castigo chegaria à noite.

★★★

Quando ela se levantou, sentiu tontura. Uma estranha dor percorria o corpo, como se fosse gripe. Doíam os ossos, os músculos. Como se tivesse levado uma surra, pensou. Foi coar um café e até o peso da água na chaleira foi incômodo. Pegou uma xícara de café para começar o dia.

Era raro consultar a gramática pela manhã. Geralmente fazia à noite, para fechar o ciclo. No entanto, sentiu-se atraída e resolveu abrir. Na página 190, estava a descrição do futuro do pretérito: *"Pode ser usado para indicar uma ocorrência futura possível, mas incerta. Exemplo: A verdade é que nossa vida poderia ter sido muito diferente."*

Leu aquilo com uma certa indignação. Pessoalmente, achava que esse tempo verbal era uma inconveniência profunda porque projetava hipóteses em cima de um passado que não aconteceu. Teria feito diferente. Sim, acontece que não fez, ela dizia indignada. Era um futuro sem futuro, com sua apresentação incompatível com a sucessão dos fatos, disse ela. Poderia ter feito. Tiraria o peso. Ah! Faz favor, gramática. Vamos colocar os pingos nos is: futuro do pretérito é planejar a vida do defunto.

***

O Disciplina da cela era um homem violento. Preso pela participação no esquadrão da morte, teve que se impor diante de uma comunidade que ajudou a exterminar quando vivia nas ruas. Matava ladrão. Chegou à cela com duas opções. Ou era sacrificado ou sacrificava. Resolveu o perrengue na primeira noite. O então diretor da cela cumpria pena por assalto a mão armada. Jogou a manta em cima desse homem, dono do xadrez. Dois coelhos com uma cajadada só. Um ladrão a menos e a vaga de diretor para ele. Foi frio, preciso, forte e competente. Ficou na solitária e quando voltou, em comemoração, mandou distribuir uma farta porção de maconha entre os presos que dividiam a cela. O episódio deixou evidente que tinha aliados importantes dentro do sistema carcerário e ele virou a lei e a ordem naquele xadrez.

Impôs um regime de conduta que agradava muito a direção do presídio. Ali não havia fofoca. As brigas eram raras. Uma delas foi provocada por um preso que queria mudar de valete. Morreu de traumatismo craniano. A cela inteira foi punida. Todos sem jumbo e família. E sem reclamação.

As histórias eram muitas e envolviam atrocidades. O Disciplina não permitia macumbeiro dentro do xadrez porque ele era crente e todos eram obrigados a ler a Bíblia pela manhã, antes do café. Qualquer desavença era punida com surra e os que não recebiam jumbo tinham direito a uma parte do material de limpeza que as famílias mandavam para os outros presos. Era um jeito de criar uma barreira, ainda que frágil, contra as pragas da cadeia, como a sarna e piolho. Depois da visita, à noite, era feita a divisão. Em pouco tempo a cela ficou conhecida como "Comunista", nome que despertou um ódio tão grande no Disciplina que ele deu uma surra de cabo de vassoura no infeliz que pronunciou o apelido na frente dele.

Aqui tem ladrão, não comunista, disse, na truculência de sempre.

Como os castigados eram marcados com a ponta da faca no braço esquerdo, a cela ganhou um outro nome. Dessa vez, a contento do Disciplina. O Ente Querido vivia na "Toca do Zorro".

Sabia que o Disciplina não ia deixar passar a recusa infeliz que fez de ajudar com as cartas dos analfabetos. Foi para o pátio e percebeu uma troca de olhares entre os chefes. O enjoo piorou. Pelo menos associou o sintoma ao clima. Tinha ansiedade, medo, revolta. A ideia de ir conversar com os carcereiros e mudar de raio era péssima. Ainda que desse certo, não resolveria o problema criado por uma frase infeliz. Teria que fazer uma impossível autovigilância enquanto dormia. Sem sossego. O carimbo de covarde estaria na pele e ser herói para bandido não o interessava.

A falta de solidariedade era considerada grave entre eles. Preparou um discurso, caso fosse ouvido antes do castigo. Era remota a chance. Se conseguisse, talvez atenuasse. Não tinha como saber porque o mau humor do Disciplina também contava. Grandes surras foram aplicadas para pequenos delitos, como pegar o sabonete do outro sem pedir licença. E hoje, a cara do homem era de boi no brete.

***

Foi o advogado que ligou para dar a notícia. As visitas estavam suspensas para o Ente Querido. Ele estava na enfermaria à espera de ser levado ao pronto-socorro.

— O que aconteceu?

— Ele caiu, a caminho da cela, com forte dor nas costas e no abdômen. Tremia, vomitava e gritava de dor. Tomava muito pouca água e isso contribuiu para o agravamento do cálculo renal. Era caso cirúrgico.

— E por que eu não posso vê-lo?

— Porque estão tentando a remoção ao pronto-socorro, para o atendimento médico.

— Como tentando?

— Isso requer planejamento. Foi feita a solicitação de escolta. Tem que esperar.

— Esperar. Esperar. É só o que eu faço. Por que está acontecendo isso com a gente? O que eu espero, de verdade, é que ele fuja. Porque justiça nesse mundo é arrancar os dentes do esfomeado para que ele coma devagar.

— Eu entrei com *habeas corpus*. Mais um, pedindo a soltura imediata dele e dizendo que o Estado não tem como cuidar do paciente. Vai ser examinado pelo desembargador.

— E se a gente perder de novo?

— Aí vai para o Supremo. Decisão de ministro.

***

No hospital, ele ficou algemado numa maca enquanto se debatia de dor. Ali soube pelo advogado que perdeu o *habeas corpus* no Tribunal de Justiça e depois no Supremo.

Ali soube pelo médico que a pedra saiu na urina e poderia voltar para o presídio.

De volta à Toca do Zorro, encontrou tudo mudado. O Disciplina não estava mais na cela. Saiu na condicional. Uma mistura de alívio e revolta se juntaram. Tinha se livrado do carrasco, o que era bom. E enquanto ele, inocente, perdia sistematicamente nos tribunais, o outro era beneficiado na progressão da pena. Estava preso sem julgamento, à espera da primeira audiência. Ainda sem data marcada.

Mea culpa

— Acordar. Escovar os dentes e tomar banho gelado. Deve estar uns onze graus na rua. Não. Primeiro o banho e depois escovo os dentes. Vou inverter a ordem. Depois eu lavo a minha roupa. Uma camiseta, a cueca e a toalha de banho. Melhor deixar a toalha pra amanhã. Repassando: banho-dente-lavar a camiseta. Errei. Tem o café. Não contei. O pãozinho eu vou guardar para fazer um sanduíche mais tarde.

— Ficou maluco?

— Não. Ocupando a minha mente. Dividindo as tarefas que eu tenho que fazer. Depois o trabalho social. Escrever as cartas de quem está na precisão. Ontem eu fiquei com fome. Veio uma carne moída que tinha cheiro de ração de cachorro. Vou trocar a quentinha por outro pão.

— Eu troco.

— Pronto. Hoje vou só comer besteira, meu dia de sanduíche. O recheio depende. Se vier salsicha, faço cachorro-quente, se vier carne eu troco pela verdura da marmita de alguém. Acredita que eu já perdi doze quilos? É. Uma dieta em que entra carboidrato e eu emagreço. Preciso anotar isso. De novo: primeiro o banho, depois eu escovo os dentes. Chega o café e eu guardo o pãozinho. Lavo a camiseta e deixo a toalha pra amanhã. Vou andar um pouco. Erro no cronograma: preciso procurar quem queira trocar a carne pela salada.

— Se você não calar a boca vai ter problema.

— Desculpa. Muita coisa pra fazer. Só penso no dia de hoje. Se eu for pensar no amanhã, aí é desespero. Meu horizonte é hoje. O que passar disso, eu arranco para não dar revolta.

— Aprendeu. Controlar a mente. Você no comando do que pensa.

***

Sentada no degrau que dava da cozinha para a lavanderia, ela viu a joaninha seguir o caminho obstinada. As antenas guiavam os passos. E com elas farejava o perigo.

O poá preto na carapaça vermelha embelezava a criatura e ao mesmo tempo a tornava uma presa fácil. A natureza não deu chance à joaninha de se esconder. Onde estivesse poderia ser vista. Teve compaixão por uma beleza tão cruel.

Ficou olhando os movimentos e o que viu foi um bicho se sustentando em patas minúsculas para seguir em frente. Tamanha fragilidade só pode ser compensada por um instinto de sobrevivência aguçado, pensou.

Como ele é tratado lá dentro? Será que ele corre algum perigo? As ideias não a deixavam em paz. Tentou se distrair prestando atenção na astúcia da joaninha. Colocou o chinelo perto dela e viu que, para se proteger, virou de barriga para cima e se fez de morta.

Que estratégia você adotou para se defender dentro da cadeia? Agora, por exemplo, alguém está te ameaçando? Se faz de morto. Não responde. Sobrevive!

A joaninha se pôs em posição novamente. Limpou as antenas para continuar caçando. No quintal havia uma horta que ela mesma plantou, de temperos. De vez em quando aparecia uma minhoca para arar a terra. As joaninhas eram mais raras. Comem as pragas e são alimento para os pássaros, anfíbios, insetos maiores. É a lei da força.

E se ele realmente fez alguma coisa errada? Porque não iam cismar assim, do nada. Ou iam?

Cada vez mais perto do coentro, a joaninha se preparava para o bote. Esfregava as patas da frente nas antenas. Aquilo deu raiva. A premeditação. Ficar na espreita da vida esperando o momento de dar o golpe. Deixou de ver inocência na joaninha para encarar o propósito.

E eu, que nunca duvidei da honestidade dele, agora me pego com esse tipo de pensamento. Foi só ver você procurando praga que isso aconteceu, joaninha dos infernos. Agora ele está lá preso, sozinho, sofrendo uma injustiça. Aqui você não caça mais nada, infeliz. No meu quintal você não vai ser predadora.

***

Você já sentiu o ódio que tem uma vítima? É isso o que eu tenho. Ódio. Invade a razão e tudo o que passa pela cabeça tem o poder do ódio. Ainda que você seja de ferro, o ódio vai lá e corrói. O corpo inteiro conspira por uma atitude. Eu me vejo em duas dimensões. Aqui sentindo e ali olhando. Tenho tonturas de tanto ódio. Você já se pôs no meu lugar? Deixa eu falar. Presta atenção que eu vou refazer todo o caminho, ouviu? Escuta. Você acorda, toma banho. Coloca a toalha no varal. Não vai chover. No teu relógio são quinze para as seis. Você não comprou pão e está com fome. Pega o punhado de moedas no guarda-roupa porque na padaria nunca tem troco. Você, a essa hora, só tem fome. Alheio ao que vai te acontecer. Aí, do lado de fora, você não sabe. A rua está cheia de carros de polícia. Fecham a entrada e a saída. Tem duas viaturas pretas com uma faixa branca em cima da calçada. Pedestre não passa. O cerco está armado e você já está com as moedinhas no bolso da frente da calça jeans. Cinco para as seis e você checa as mensagens que chegaram por WhatsApp. Nada importante. Calça o tênis e alguém toca a campainha. Da janela vê uma intensa luz azul girando. Algum vizinho foi assaltado. Eu pensei nisso. Que idiota eu fui. Eu me apressei para abrir a porta. Abri. E a polícia veio para te prender. O bandido agora é você. Não interessa o que você fez. O caçador tá excitado.

★★★

A pia tinha três grandes vasilhas para dessalgar a carne. Ela ia preparar uma feijoada. Já na véspera, colocou a costelinha e o lombo afundados na tigela. Nas outras menores, os demais pertences. O ramo de louro ficou do lado do feijão cru. O maço de couve, na geladeira. Fazia frio.

A prisão primeiro causou espanto, depois indignação. As panelas ficaram vazias.

— Não pode ser. Ele tem que ir trabalhar. Cadê o mandado?

O nome dele aparecia em letra maiúscula.

— Deve ser um homônimo. Moço, checa por favor. Já me disseram que isso acontece.

Não tinha erro. Era ele mesmo que a polícia queria.

— Eu estou indo atrás. Fica calmo. Deve ser engano. Só pode ser engano.

***

A joaninha morreu com uma chinelada e ela tinha ainda mais raiva porque aquele inseto insignificante armou uma cilada para pegar o outro. A cadeia alimentar era feita de impotência e covardia.

O desânimo entrou pela porta da cozinha e ela foi pega desprevenida. Não conseguiu reagir. Lembrou da prisão. Os dias na delegacia, a falta de notícias. As comidas que preparou e ele não comeu porque ela não teve autorização para entrar. Sequela da alma sobrevivente é nunca esquecer o sofrimento. E o dela crescia com o passar dos dias.

Não teve a menor vontade de abrir a gramática. Fez pelo hábito. E ao ler no cantinho da página 402, sentiu remorso. *Quando "todo" tem o significado de "qualquer", a gramática normativa não recomenda o uso do artigo, no caso do singular. Exemplo: "Se todo ~~o~~ animal inspira sempre ternura, que houve, então, com o homem?".*

Mensageiro

Aquilo ali é um beija-flor? Vê se eu não estou enganado. Não? Como ele entrou? Tadinho! Vai morrer de fome. Aqui não tem nada que floresça. Vá embora. Espera, então. Pega o açúcar e mistura com a água. É o único jeito que eu conheço de fazer comida de beija-flor. Como é que ele veio parar neste lugar? Aqui ninguém entra de livre e espontânea vontade. Tá sentindo? Que cheiro é esse? Parece de tangerina com orquídea. Como é que esse perfume conseguiu entrar aqui sem ser bloqueado? Me lembra coisa boa. Bolinho de chuva, churrasco, banho quente. Foi por isso que o beija-flor entrou! Lógico. Que coisa linda uma visita tão improvisada. Você me comove. Assobia, vai. Queria estar voltando pra casa, acordar na minha cama.

Que gritaria é essa? O que é que está acontecendo?

Ei! Abre aqui. A gente está trancado. Abre por favor. Ei! E agora? Sai, beija-flor. Vá embora! Como pôde me escolher logo agora? A gente tem que arrumar um jeito dele sair. Voa, beija-flor. Sai daqui porque você não tem aptidão para ser carniça. O que é que eu faço para você não morrer?

Nossa! Como ele é teimoso. Então, fica. Se esconde. Vai. No vão.

Sentiu? Um perfume delicioso de mulher tá entrando pelo meu nariz. E eu estou caindo. Faltam oitenta centímetros pra minha cabeça alcançar o chão. Agora setenta. Se eu desmaiar, estou ferrado. Beija-flor? Cadê você? Tampa a respiração. Tem muito monóxido de carbono, dióxido de nitrogênio e dióxido de enxofre no ar. Eu sei que você não está entendendo o que eu tô falando. Então, me obedece. Segura a respiração. Se essa fumaça encher os pulmões junto com o calor, destrói em menos de cinco minutos o tecido do sistema nervoso. Você que preferiu ficar aqui comigo. Eu lhe sou grato porque, no seu caso, teria voado para bem longe. Por alguma razão você escolheu quem não teve escolha. Vontade de urinar. Eu não enxergo onde tá o buraco. Está tudo ficando escuro.

***

O protocolo era seguido à risca. Às cinco horas da manhã, a cadeia cheirava a sabão em pó. Uma faxina para receber as visitas. Às seis e vinte e cinco, entrava o aroma do café aguado e cheio de açúcar.

Naquele exato momento, ela estava sentindo o cheiro do álcool iodado porque precisava limpar bem uma ferida que ficou sem a casquinha durante a noite. Como sangra uma perda, ela constatou enquanto passava o algodão. O dia estava tão quente. Ela sentiu que se não tomasse muito cuidado, ia se queimar. E queimar arde muito, pensou, antes de proteger até mesmo as pernas cobertas pela calça de ginástica.

Entrou no ônibus cheirando a remédio do curativo e pomar. Mexerica, para alegrar a alma dele. Era um perfume que ela só usava em grandes acontecimentos. E aquele era um.

Estava tudo certo para que entrasse na cadeia. Durante a semana, ele finalmente conseguiu receber os cigarros que mandava. Embora não tivesse entrado ainda o jumbo com pasta de dente, escova, sabonete, comida, bolacha, hoje ele receberia tudo o que o direito lhe concedia. E por uma coincidência, no dia em que completava aniversário. Talvez o esmero nos cuidados desse algum tipo de alegria a ele.

A fila para entrar no ônibus estava enorme. E confusa. As crianças comiam salgadinhos que deixavam as mãos amarelas. Algumas mulheres fumavam e erguiam a cabeça para soltar a fumaça. Ficavam altivas desse modo. Elas falavam alto sobre assuntos banais.

As poltronas do ônibus estavam manchadas. Na dela, eram pingos secos de chocolate e também tinha papel de bala no lixo instalado na lateral. Quase lá. Calculou mais uns dez minutos e pronto, chegamos.

Parou? Interditaram a estrada. Que é que tá acontecendo? Alguém pode explicar? Nossa. Só faltava ter que ir a pé, nesse calor. Esse cheiro de fruta vai chegar azedo.

Não entendeu o que estava acontecendo. Na noite anterior, tinha ido até tarde na cozinha, preparando o almoço que agora levava. Arroz, cenoura na manteiga, cação desfiado numa salada com batata, ovos, pedacinhos de azeitona preta e azeite. Afinal, tratava-se de um aniversário. Estava animada por causa da visita. Tirou a embalagem das balas de café e colocou num saquinho transparente, para que sentissem juntos o prazer que elas lhe dariam. Ficou intrigada apenas com a gramática. Antes de ir se deitar, calhou de abrir no capítulo dos imperativos. Página 705: *Exemplo: "Enquanto tiveres força para dizer alguma coisa, não digas que chegou ao fim".*

O que a incomodou de fato foi que o modo imperativo expressa uma ordem, um aviso, um pedido. Um alerta. Tem muita força onde se mete. E agora lembrava disso dentro do ônibus que continuava parado.

O motorista desceu e foi conversar com o da frente, que já tinha falado com mais de oito. Ela sentiu uma sede imensa e repentina. Não quis mexer com nada que fosse do jumbo. Abriu a janela para comprar água. A essa altura, vendedores já se acotovelavam para dar vazão aos produtos que vendiam.

Pegou o dinheiro trocado e quase derrubou a água no colo, tamanho o susto. Um beija-flor azul parecia encará-la com tanta intimidade, que ela quase perguntou se eles se conheciam. Depois, saiu voando. Ela continuou parada. A água não podia descer pela garganta apertada e espremida pela vontade de gritar. Já não precisava mais de notícias. Tinha acontecido.

Mataram. Morreram. Fogo no raio 2. Rebelião. Mulheres corriam. O choque passou como se ali não tivesse família assistindo. Dentro do peito dela, o coração barulhento. No dele, o silêncio era absoluto.

***

O beija-flor se encolheu o mais que pode. O vão tinha cerca de oito centímetros de comprimento. Para não sentir fome, baixou seu metabolismo de um jeito, que poderia ser dado como morto. A pulsação ficou com menos de cinquenta batidas por minuto. Quando voava, o batimento cardíaco chegava a mil e duzentas. Flanar era uma aventura eufórica.

Emparedado naquele vão estava o pássaro com o maior coração entre todos os animais. Nenhum outro carrega dentro do peito um órgão que corresponde a quinze por cento do volume total do corpo. Por isso, coube a ele velar o Ente Querido enquanto parecia dormir.

Se pudesse carregá-lo como fazem as cegonhas, seguraria com seu bico bom de beijo o corpo ensopado de suor.

Não podia. Ficou apenas olhando o decorrer da vida. A fumaça deixava tudo muito mais escuro. O azul cintilante das asas mal era percebido.

Passou. Voltou a respirar. Não havia mais ninguém naquele recinto. Nem mesmo a fumaça. Pelo chão estavam corpos de trinta presos. Vários morreram queimados. O Ente Querido, pela fumaça que inalou.

Sentindo-se único, o beija-flor abriu a guarda. Cantou muito alto os versos dos antepassados:

Fui enviado porque
Sou um mensageiro dos deuses.
Eu faço uma floresta com meu carinho
Eu sei germinar e meu beijo
Livra da fome o mundo.
Escute o que tenho guardado comigo
Muito antes de você, havia uma crença no mundo asteca
Quando morre um guerreiro, sua alma retorna à terra
Na forma de um beija-flor.
Eu vim pra te dizer que
Nos vemos em breve

Fé

Eu vim buscar o meu corpo. Porque se nem minha vida lhe deu o que você queria, minha total submissão, não quero que fique com o resto. É esse aí, deitado de lado, no chão. Me dá licença, senão passo por cima. Você nem se importa se eu sou inocente. Sou não, fui. Agora eu viro arquivo morto. Literalmente morto. A sentença quem dá não é o juiz, é o delegado. Inquérito malfeito. Simples assim. E eu acreditando que com você tudo seria resolvido! Eu devia te denunciar. *É*. Ia todo mundo ficar sabendo: fé é encontrada tomando cachaça com delegado! Mancomunados. Você *é* cega-surda-muda-demente e pinguça. Vai fazer o quê? Vai me chantagear como? A gente não existe mais um para o outro, minha filha. Todo dinheiro da poupança gastei. Por sua causa. O maior luxo da minha vida foi contratar um advogado para me defender. Como que por sua causa? Sim, senhora. Quantas vezes eu ouvi: tenha fé. Confia na justiça. Tudo será resolvido. Não deixe os dias ruins dominarem sua fé. Quanta bobagem. Me deixe a sós comigo mesmo. Careço de privacidade. Passei cinco meses, dez dias, sete horas e catorze minutos sem essa liberdade. Vai-te embora com esse seu bafo de azeitona curtida. Vá à merda! Fé. Eu vou levar o meu corpo. Tenta não deixar, tenta?

★★★

— É isso que eu chamo de má-fé. Você vê, escrivão, quantas oportunidades eu dei para esse cretino sair daqui pela porta da frente? Bicho burro. Eu lavo as minhas mãos. O cara quer pagar advogado? Quer falar em juízo? Que eu posso fazer? Não quer fazer acordo? Vai para o cadeião-ão-ão. Eu vou para casa. Cervejinha gelada. Churrasco no domingo. Vida de investigador digno. Já te falei. Eu posso te ferrar...

★★★

As vozes se misturavam na cabeça dela. As falas vinham de diálogos que ela não ouviu de fato.

Eu ouvi. Nítido. Ou é sonho? Fala comigo. Ele falou comigo. Como pode? Morto. O investigador. Corrupto. Eu ouvi.

Depois da morte do Ente Querido durante a rebelião, ela confundia realidade com fantasia.

Estou alucinando. Minha cabeça agora parece um sanatório onde todos os loucos resolveram vir juntos para a sala de estar e falar ao mesmo tempo. Por isso, ouço o que não vi. As conversas na delegacia. A voz dentro do presídio. Ele brigou com a fé. E agora? Sai. Não deixa o passado sofrendo nas mãos da memória. Esquece tudo.

★★★

De dentro da penitenciária, os carros saíam com as sirenes aos berros. Muito rápido. Giroflex tingindo de azul tudo que iluminava. A fumaça densa atravessou a rua poeirenta e tudo cheirava a queimado. Mesmo onde o fogo não tinha encostado. Da estrada, ela viu o cortejo. Bombeiros. Choque. Viaturas. Ambulâncias. Queria e precisava chegar mais perto. Não pôde.

É aniversário dele, ela disse. Cala a boca, ela ouviu. Daqui ninguém passa, disseram. E ninguém passou.

Alguns dias conseguem ser intermináveis e aquele era um. A cabeça doía tão profundamente que as veias pulavam. E ficaram visíveis. Azuis como que iluminadas pelo giroflex.

A polícia dispersou a multidão. Ela não se lembra como voltou para casa. Apenas que entrou sem fazer barulho. Só a planta do pé parecia tocar o mundo real.

Dentro da cabeça parece que ouvia o Ente Querido nos seus momentos finais, duelando com a fé. Como uma loba ferida, passou quatro dias mergulhada nas interjeições.

— Agora essa mulher uiva! — disse a vizinha da frente.

***

Uma missa foi celebrada em memória dos presos mortos na rebelião. Para que a alma deles encontrasse o caminho que em vida foi impossível. A fé, disse o padre, há de embalsamar vosso coração para que ele não apodreça.

^^^

PRIMEIRA LEITURA

O justo viverá por sua fé.

Leitura da profecia de Habacuc 1,2-3;2,2-4

Senhor, até quando clamarei, sem me atenderes? Até quando devo gritar a ti: "Violência!", sem me socorreres? Por que me fazes ver iniquidades quando tu mesmo vês a maldade? Destruições e prepotência estão à minha frente; reina a discussão, surge a discórdia. [...] Palavra do Senhor.

SEGUNDA LEITURA

Ela se levantou tão docemente que a igreja parou para prestar atenção. Caminhou até o altar como quem anda numa corda bamba. Passo a passo, pra não cair no abismo. Levou consigo o livro. Abriu. O dedo indicador a lhe apontar a linha. No folheto, todos acompanhavam a leitura da segunda carta de São Paulo a Timóteo.

Ela começou. *Página 956: "Poeta fui e do áspero destino. Senti bem cedo a mão pesada e dura. Conheci mais tristeza que ventura. E sempre andei errante a peregrino."*

***

O padre olhou perplexo para aquela figura que já descia o segundo dos três degraus. Não foi a Bíblia que aquela mulher leu para os fiéis. Era a gramática. Ao se sentar, continuou acompanhando a missa com suas orações particulares.

Tocou o sino. Só no ouvido dela, o barulho foi da sirene do caminhão dos bombeiros. O ritual da Eucaristia. Todos ajoelhados. Viu dentro da memória as mulheres desesperadas no asfalto gritando por seus entes. A voz grave do padre contando a história.

Estando para ser entregue e abraçando livremente a Paixão...

Não deu tempo de ouvir mais nada. A pressão arterial foi a primeira a cair. Seu corpo foi o segundo. Perdeu a consciência. Desmaiou. Como um sopro divino.

Cartas

Não foram a fé e a missa que lhe devolveram a vontade de coar um café. Ao tocar a campainha, o carteiro não sabia que trazia consigo uma mensagem do além. Era tudo tão lento naquele recinto em que outrora vivera o Ente Querido, que a carta chegou catorze dias depois da bárbara rebelião com cinquenta e seis mortos. Outros seis detentos morreram intoxicados e nove com queimaduras de primeiro grau. Ao ver seu nome na frente e o dele no verso, deu-se o momento mais sublime. A carta deixava os dois do mesmo lado da vida. Era uma vingança contra o tempo. O remetente e a destinatária na imortalidade da oração. Ao pegar a carta, ela disse ao carteiro que ele veio do além. O homem nem se deu ao trabalho de responder. Virou as costas e continuou a jornada.

O que ela segurava era um milagre. Folhas dobradas dentro do envelope. Imaginou-o escrevendo. As palavras beijando os pensamentos. Afeto, histórias. A carta reunindo o que segue separado. Uma reviravolta. Uma atitude definitiva. Era isso que ela tinha em mãos. E enquanto estivesse ali, selada com cola e um pouco de cuspe, o Ente Querido teria carne, osso, alma e futuro. Só quem está vivo tem isso, ela disse. Nas mãos estava a morte derrotada.

O problema é que depois de lida, a carta deitaria no passado. Era preciso prolongar-lhe a vida. Fica mais um pouco, diria para as palavras. E elas nada poderiam fazer. Depois de lida, a escrita estaria enviuvada do pensamento.

Havia nela ansiedade em abrir o envelope. Também o desagravo de saber que uma vez lida, seu Ente voltaria para a morte. Foi por isso que, depois de um gole do café quente e forte, sentou a carta entre o pires e a garrafa térmica. E abriu primeiro a gramática. Página 579:

Pronome Indefinido
Caso de substantivação do NADA
Exemplo:
Horas minutos segundos que eu tinha vontade de captar como quem colhe uma flor, fazendo um ato presente entre dois NADAS.

Agora, o envelope.

★★★

Minha querida,

Trago uma novidade: virei um equilibrista! Somos vinte e oito tentando ocupar o lugar de onze. Como tem gente fazendo coisa errada na vida! Minha vontade é fazer malabares de gente. Para ver se salpicando quatro no ar somos menos em terra. Além de nós, tem as nossas coisas. Guardamos em sacolas de supermercado. Tenho duas. Posso ficar pobre de uma hora para outra. Ouvi uma história. Quando a cadeia vira (preste atenção nesse verbo porque ele aqui tem outro significado), a gente leva uns dois meses para se recuperar. É. A família manda o jumbo para cá na maior dificuldade. Oito rolos de papel higiênico, um litro de água sanitária, quatro sabonetes. Duas camisetas para repor as rasgadas. Uma calça. Duas cuecas. Comida. Dez envelopes de carta com dez selinhos. (Tem um cara aqui que a família é do interior. Cada vez que escreve são quatro selos. Então, ele economiza notícia. Deixa para contar tudo de uma vez.) Tudo é guardado com tanto, tanto cuidado! Aí entra o choque. Porque a cadeia virou. E joga. E queima. Não sobra nada. Nem um pedaço de sabão. Cadeia rebelada é miséria. Como tem o castigo, só dá pra ver um parente depois de dez ou quinze dias, se não tiver transferência. Fica na precisão quem não morreu.

Estou te contando isso porque não vale a pena você gastar dinheiro suprindo as minhas necessidades. Eu é que preciso ser o mais econômico possível para precisar cada vez menos. E vamos mudar de assunto. É engraçado como todo mundo aqui fica parecido um com o outro. Rasparam meu cabelo e a pele está meio esverdeada, eu acho. Onde eu estou faz muito frio o tempo todo. Não há sol por aqui. Há uma ausência de sentidos nesse lugar que não faz nenhum sentido. Estamos sempre em vigília. O sono é ligeiro. (Eu vou escrever tudo na mesma linha para economizar espaço. Sei que isso te aborrece porque o parágrafo é o desenrolar da vida. Vou fazer assim: pra não mudar de linha, eu coloco duas barrinhas. Assim, ó: //. Quando você encontrar uma, saberá que se trata de um novo parágrafo. Perdi meia carta pra pensar nessa saída. Bem burro.) Contei para eles sobre você e a sua gramática. Que era o seu oráculo desde menina porque ali estavam todas as respostas. Teve um cara que ficou doido. Disse que era besteira. Que se fosse assim, tipo você perguntar e encontrar a resposta, como é que a gramática também ajudaria no processo penal? Olhei bem no fundo dos olhos dele, fiz cara bem séria e disse: então você não conhece o capítulo das condicionais? Aí o cara não parava quieto. Levantou, sentou, resmungou. O cara é treze total! E eu falei sério para ele: a gramática é a advogada da língua. Acredita? Não tem graça e é verdade! // Desculpe. Preciso de um prestobarba. Com duas lâminas. Se vier uma, não entra. Se vierem três, não entra. Essa coisa de número tem uma importância extraordinária por aqui.Você me consegue um? Não pode ter barba. Tô pensando em fazer um diário. E escrevo poesia. Não sei se é boa, mas é meu jeito de contar minha história. Encontrei um outro inocente. Olha que mundo cão: um gerente (acho que de uma empresa telefônica) foi até o sítio desse senhor. Ofereceu um aluguel para deixar ali os fios de cobre da companhia. Ele viu o crachá do moço, a cara boa, o carro da empresa. Aceitou. Porque fio não empata o plantio. Se o sitiante tá na cela ao lado, você já sabe o que aconteceu. Receptação de furto. O gerente era gerente e ladrão. Sabe quando esse senhor vai provar a inocência? Vai demorar, minha querida! Ele agora é um homem revoltado. Não acredita mais em Deus. E o gerente virou pastor. Me diga se isso aqui não é o avesso do ser humano? É aqui que a linha podre arrebenta, o serviço malfeito de costura aparece e o tecido esgarça. É aqui que o alinhavo é torto e a agulha quebra. Aqui a vida mostra que foi feita de material de péssima qualidade. // Ontem vi pela primeira vez uma crise de abstinência. Ele tem dezenove anos. Se debatia, gritava, teve uma crise epilética. Nós tentamos calar a boca dele com toalha e não deu certo. Uma pessoa completamente fora de si. Foi pra solitária, coitado. Arrastado pelo corredor. Quando ele saiu para o castigo, eu me senti um pouco aliviado. Porque ele infernizava na fissura. E um a menos é tanta coisa aqui dentro!!!!! Acho que estou ficando desumano. Porque no fundo, no fundo, ficou melhor sem ele. É disso que tenho medo. De virar alguém que eu não conheço. //Amanhã é meu aniversário. E que seja o último longe de casa! Antes que eu vire um bicho. Já tá tarde. Tá na hora de terminar. Sim! Mais uma coisa: não deixa faltar água com açúcar no quintal. Assim a gente sempre vai ter um beija-flor por perto. (Que essa carta te encontre com saúde. Vai com Deus, minha carta. E que ao chegar, te encontre mergulhada na serenidade. Perdão por tudo. Obrigado por tudo. Minha gratidão eterna!) // PS: esqueci de comentar. Sonhei que chamavam meu nome e eu tive de ir. Fui tranquilo porque você sempre me encontra, *né? Engraçado. Tinha fogo. Uma fogueira, eu acho. Já sei que essa carta você vai usar de marcador dentro da* gramática. Fazer o quê? Putz. Quase me esqueci. Deixei dentro do bolso da calça marrom social uma nota de vinte reais e outra de cinquenta. Pega pra você. Assim eu ajudo nas despesas. Até amanhã, minha linda. Dessa vez você entra.

★★★

As cartas seguiam dois protocolos. Eram censuradas e, portanto, o autor precisava tomar cuidado com a escrita. E eram para a família. Apesar de ser custoso escrever com leveza sobre o dia a dia, era necessário para não aumentar o sofrimento dos parentes mais próximos. Por isso, o tom escolhido pelos presos era de uma certa tranquilidade. Ainda que o caldeirão estivesse fervendo.

Desconstrução

Ela nunca dormiu uma noite inteira porque a bexiga não deixava. Toda madrugada se levantava para ir ao banheiro. Isso desde menina. E assim que se levantou da cama para cumprir a sina e relaxar a musculatura contraída, ela viu pelo vão da porta a ponta de um pé descalço e ossudo. Tinha dedos desproporcionais e um joanete. Era um pedaço humano iluminado pela luz do poste de rua que deixava o quintal meio amarelado e a escuridão da casa parcial. A imagem se desfez quando ela acendeu a luz do banheiro. Não era a primeira vez. Estava tudo tão fragmentado que seus olhos viam pedaços de gente soltos em lugares comuns.

O ser humano passou a ser distribuído ora em porções fartas, ora em partes menores. Voltando da feira jurou ver braços cruzados em cima de uma pedra e, em seguida, pernas deitadas no asfalto. Foi até o quintal e viu entre os lençóis esticados no varal da casa geminada, as mãos da vizinha. Na impulsividade que sempre lhe custou caro, perguntou alto àquela mulher onde estava o resto do corpo.

— Esquartejado na cozinha — respondeu com deboche. — Inclusive fala mais alto porque deixei uma orelha no quarto. Você é esquisita pra caramba! — disse a mulher que pregava a roupa no varal.

Já fazia tempo que a dona do sobrado do lado esquerdo a via com desdém e comentava com as outras as manias que pareciam inofensivas até. Não fosse a falta de assunto na vizinhança, ninguém teria prestado atenção em uma mulher que carregava sempre a gramática no braço como se oferecesse um colo. E sentava no quintal de chão batido para ler em voz alta assunto que não tinha ligação com o cotidiano, como locução, pronome oblíquo, crase e trema. Correu na boca miúda da rua que ela fora professora e endoidou de tanto ensinar quem não via necessidade em aprender. Uma espécie de síndrome da desatenção permanente, diagnosticou uma vizinha que lia revistas de psicologia e esoterismo e curava com a impostação da mão, acaso o infeliz tivesse fé.

Fato é que a prisão e a morte na cadeia se espalharam feito rastro de pólvora pelo bairro e, como não se sabia ao certo o motivo, cada um contava do jeito que mais prazer sentia. Entre as histórias que ela soube, uma dizia que o Ente degolou uma mulher. Também disseram que foi um matador profissional. Teve quem jurou tratar-se de um estelionatário perigoso que clonava cartão de crédito e levou à miséria uma senhora que morreu do coração. Traficante, ladrão, receptador de furto. Ouviu, inclusive, que teria esmurrado um infeliz durante uma discussão e deixado o pobre tetraplégico. Todos os crimes que aquela vizinhança ávida por fofocas conhecia do Código de Processo Penal foram atribuídos ao Ente Querido.

Depois de ouvir a resposta malcriada da vizinha, ela entrou e viu na sala, rente ao sofá, mais de quatro calcanhares em fila. Não era assustador. Só era chato uma casa que nunca fora de ex-votos com tanto corpo espalhado no caminho. Ou pedaços deles. Apareciam e sumiam. Eram vistos e em seguida voltavam para o campo da alucinação.

Claro que tem a ver com a morte, disse-lhe a voz que sai de dentro da alma e ela ouviu com a nitidez de uma conversa real. Não que fossem partes dele. Passou a ver o ser humano de forma desconstruída depois de pegar o caderno que ele usava todo dia enquanto esteve preso.

O caderno só chegou às mãos dela porque, na correria da rebelião, o homem que alugou o sítio para o ladrão de cabos encontrou os escritos no meio de um vão na parede da cela. Com a ajuda de um carcereiro que simpatizava com o Ente Querido, foi parar na casa dela. Nas páginas do caderno A5 havia uma anotação em forma de verbete. Um pequeno dicionário escrito com caneta esferográfica preta. As palavras não estavam em ordem alfabética.

Alisou a página com a palma da mão esquerda enquanto dividia com si mesma uma dúvida moral. Ela considerava a escrita uma atitude particular. Desse modo, nunca mostrou a ninguém o que ela mesma escrevia e chegou a ter uma raiva desproporcional quando viu a mãe lendo alguns de seus escritos.

Mesmo que eu largue meu caderno aberto, você não tem direito de ler, disse, antes de riscar com raiva todas as palavras que formavam as frases do diário. Fez com a força de quem decalca.

Agora era ela que repetia a cena como se fosse hereditária. Seu Ente Querido estava morto e se os segredos fossem lidos também deitariam no lugar comum. Deixariam de ser particulares e a alma dele perderia o sossego da intimidade. Constrangida, curiosa e com saudades, ela mandou a virtude às favas. Abriu o caderno.

LÉXICO

Vítima: proparoxítona (exemplo: estúpido). Significado: pessoa que se ferra sem condição de revidar. Sinônimo: perdedor.

Egoísmo: quando a mão arranca o braço. Não estão nem aí com as consequências.

Gratidão: devolução parcial de tudo aquilo que me tiraram. Nesse caso, tem que agradecer quando pegar de volta. Senão, é ingratidão.

Inocência: é a primeira que morre.

Pena: maneira civilizada de lidar com a culpa.

Culpa: penitência de quem está em falta.

Falta: aquilo que era relevante e foi tomado de assalto.

Faculdade: ascensão.

Ascensão: você na parte de cima do beliche.

Entrelinhas: a verdade dita por um covarde.

Coragem: fugir.

Poupança: a certeza absoluta que vai faltar dinheiro em pouco tempo.

Carinho: pudim de leite.

Deus: você dorme?

Vida: parecida com mexerica. Um gomo pode ser amargo. Outro doce. Outro aguado. Outro seco. Só sabe quando experimenta.

Suicídio: a sombra da vida.

Entardecer: tornar-se grande com a sombra do corpo.

Depressão: a certeza que você não presta.

Família: equação matemática. Quando tem resto, acabou. Não dá mais pra dividir.

Humilhação: tudo.

★★★

De tanto ver cílios sem olhos, arcada dentária sem boca, passou a interpretar como partes de inocentes presos mortos e rebelados. Sem autorização para provar as injustiças que sofreram, eles voltaram para reclamar atenção. Os cantinhos da casa tinham metáforas e, por isso, ela deixou de varrer. Não se via como uma perturbada. Apenas uma mulher no limite do que é possível aceitar sem enlouquecer. Era isso que dizia.

A definição dada às palavras pelo Ente Querido a levou de volta para a gramática, o oráculo que consultava todos os dias. Precisava do seu livro mágico para fundamentar o que acabara de entender a respeito da pessoa humana. Finalmente, a dimensão do que é o sujeito. A entidade suprema que não pode ser vista em partes isoladas. O que explica o sujeito é o seu entorno. A pessoa e o seu contexto. Esse também era o ponto de vista da gramática.

Abriu na página 456 e viu no exemplo a explicação para o que tinha acontecido:

Sujeito + objeto indireto

Exemplo:

Com que direito tomaram eles da minha indivisível vida e dela fizeram um cristal devassável e quebradiço? E se deram de presente o meu corpo, a minha honra, a minha dor, a minha lágrima?

***

Na semana que antecedeu a rebelião, o valete do Ente Querido chamou de canto. Tinha um conselho.

— O negócio é simples: o sujeito é o seu entorno. Ou fecha com nóis ou é rival.

— Olha, eu fui preso injustamente. Entrei aqui por engano, não me enquadrem porque não tenho futuro no mundo de vocês. Não sei roubar nem matar e dou um azar danado. Toda vez que faço alguma coisa errada me pegam no pulo, falo de coração: não é bom ter alguém como eu no grupo. Entende?

— Perfeitamente. Só que se a cadeia virar, você tá sozinho. Nóis não vai te proteger porque não é irmão e eu não posso livrar sua cara porque é traição, também entende perfeitamente a fita que tô te passando na amizade?

— Eu espero não estar aqui se a cadeia virar. Se há justiça, eu saio antes.

— E se não tiver, você morre! Tá entrosado com a lei da vida?

Matraca

Ao vê-lo dono das pernas novamente, o coração deu uma surra na parede do peito. Batia eufórico. A respiração ficou rápida e os pulmões se encheram de ar e da poeira dos buracos no asfalto. Ele caminhava tão devagar que lhe pareceu em câmera lenta. Os minutos se mexiam vagarosos como em relógio com bateria fraca. Chacoalhou o pulso para que os ponteiros do relógio voltassem à velocidade da vida. Não reagiram. Concluiu que tudo se arrastava. Ele, o tempo.

Ela estava ali à espera, na porta da penitenciária. Não tinha fome nem sede. Ia de um lado para o outro. O pensamento estava nele lá dentro. Para controlar o nervosismo, pensou que aquela era a última vez que viveriam em mundos separados. Os dois hoje voltariam juntos para casa.

***

Ele sentou no chão e olhou em direção ao muro.

Você está aí, do outro lado? Eu estou sentindo o cheiro de mexerica com capim santo. Eu tenho certeza, agora. Você está aí fora? Hoje não é dia de visita. Será que você está com advogado? Não pode ser. Eu imaginando coisas. E esse cheiro? Eu vou sair? Será que é isso? Finalmente entenderam que eu não fiz nada? Você tem que estar do outro lado do muro. Porque se não estiver, eu não vou sair. Eu quero sair.

Me tira daqui. Me arranca do inferno. Calma. Não me acalmo não. Ninguém me ouve. Eu falo do mundo dos mortos--vivos. Eu falo pelos que estão nesse castigo. Então me julgue. Eu te desafio, Justiça. E diga qual dia, hora e mês que eu vou deixar o inferno. Esse cheiro de mexerica. Não me abandone. Você está aqui? Justiça, você veio me buscar?

***

Ela só soube ali na porta que existe um ritual para soltura de um preso. O alvará chega e, ainda assim, o sopro da liberdade não bate no rosto durante o dia. O detento no pátio, alheio à mudança de vento, permanece preso mesmo que legalmente esteja solto.

O agente penitenciário explicou o protocolo. A administração recebe o documento do fórum, dá baixa no prontuário e guarda até a hora de recolher. Costuma ser lá pelas seis, disse o homem. Ela contra-argumentou. O alvará tinha força para ser cumprido na hora.

— Dona, aqui não é shopping para entrar e sair quando quer.

— É porque não é o seu parente.

— Na minha família não tem bandido — ele retrucou. Ela, então, olhou para ele e imaginou com uma certa felicidade como seria bom se queimasse os dedos com a guimba do cigarro.

O Ente Querido conhecia o protocolo. Quando a tarde caía de cansada, todos os presos eram levados para as celas, contados e as trancas impediam a circulação. Só depois, com uma prancheta de compensado, o carcereiro se aproximava da grade com os nomes que apareciam nos alvarás de soltura.

A chegada da prancheta é um momento solene, de silêncio litúrgico. Bate como uma matraca nas grades de ferro, produzindo um som que era familiar ao Ente Querido. Na primeira vez que ouviu, ficou maravilhado com os paralelos:

A liberdade tem o som da matraca. Repare. Que estranho. Antes, me lembrava a Semana Santa quando os sinos são proibidos e a matraca toca por causa do luto pela morte de Jesus. Meu! A matraca é a redenção dos condenados.

A prancheta, então, encostou na grade da cela em que ele estava. Como fazia todas as noites desde que chegou, as mãos se uniram e a cabeça mentalizou o nome próprio.

Que o meu nome seja dito. Seja dito. Seja dito.

Durante cinco meses ele cumpriu esse ritual. E sem escutar o nome de batismo, toda noite matava a fé. E a ressuscitava antes da hora da janta quando a matraca-prancheta batia na grade de ferro.

Viu oito vezes a cena se repetir.

Lá vem a matraca que solta.

Depois que o nome do preso é dito, ele distribui os pertences entre os que ficam. Não leva nada. Primeiro, para provar que o Estado falhou ao imaginar que tudo tirou do homem. Depois, para se livrar das lembranças. Só leva as que não consegue arrancar da memória.

Naquela noite suada, o nome do Ente Querido foi enfim pronunciado. Ele não acreditou. Precisou segurar o papel ainda que tremendo. Abraçou e foi abraçado na cela. Chorou feito criança perdida na floresta. Inventariou os bens:

O livro fica com você, o material de higiene para o próximo que chegar com a precisão de ser fortalecido, o lençol dá de presente pra ele, que vai casar, as bolachas que sobraram comam em comemoração. Estou saindo!

Até a rua, a caminhada é de quase dois quilômetros. Só o advogado fiel e parceiro pode acompanhar esse translado a pé. Em silêncio, por respeito aos pulmões ocupados com o ar livre do intramuros.

***

Ela o viu caminhando como quem vai tropeçar. Não podia ir até ele porque a guarita impunha o limite. O rosto estava estranho. Os olhos estavam arregalados, e a boca parecia faminta. Não tinha cor de carne. A pele da bochecha estava irritada, como se, durante a saída, dezenas de acnes, cravos e afins tivessem se abrigado nos poros e deixado aquele lugar em caravana.

Ele veio gemendo como alguém que acabou de se cortar na cerca viva. Não apertou o passo quando a viu. Teve medo de errar neste protocolo desconhecido. E ainda que com o alvará no bolso, não tinha terminado de sair para ser livre. Mais alguns passos e poderia seguir amparado pelo abraço dela. Nem dois metros separavam um do outro. Foi então que ela abriu os braços num ângulo de cento e oitenta graus. E eles quase conseguiram.

Tivesse o remédio prolongado um pouquinho mais aquele sono, ela o teria abraçado.

Dorme de novo. Me deixa tocar o ombro, só o ombro. Que espécie de consciência é você que me mantém presa com ele e me acorda nessa estupidez? Eu te obrigo a continuar sonhando, desgraçada. Mente que mente para mim. Eu ia só encostar nele um pouquinho. O que é que te custava deixá-lo aqui, em liberdade comigo? Mente que acorda um coração que chora. Incompetente que não me deixa tirá-lo da penitenciária. Eu tenho saudades, você sabe o que é isso, sua traidora?

Queria tanto falar para ele que a absolvição de um inocente é como tirar alguém vivo dos escombros. E ver que mesmo machucada, aquela pessoa respira primeiro de forma ofegante. Depois se acalma. E suspira quando, sobre a mesa da cozinha, vê de volta a macarronada com molho de tomate e manjericão.

Você vai se recuperar, não fica assim. Vai tudo melhorar depois de um banho quente com sabonete novo, de lavar os cabelos e deitar numa cama porque o lençol-fronha-travesseiro macios vão tecer novas relações familiares. Confia em mim.

Não ia perguntar ao dicionário. Há dizeres sem resgate. Pertencem ao passado. Ela teria paciência e ele empenho. Não deu.

Ficou ainda na cama por um bom tempo. Depois foi coar o café do dia do abraço roubado. Enquanto a água borbulhava, pensou muito sobre que tipo de atitude o Ente Querido teria se tivesse voltado para casa. Se brindaria à vida. Se viveria o trauma. Se o cativeiro dormiria com ele. O que pode o amor? Era essa a dúvida.

É o que eu tenho para te salvar. O meu imenso amor.

Uma colher pequena de açúcar foi suficiente para o café mais forte que de costume. Com a mão direita fez carinho na toalha de mesa. Depois pegou a gramática pela última vez. Abriu na página 235 e ficou perplexa com a sabedoria do livro da vida. A frase do livro *Os desvalidos* parecia escrita para ela.

Ninguém atenta que uma viagem assim com cheiro de derradeira não pode ser encaminhada enquanto dura um suspiro.

Fechou a gramática e foi fazer justiça.

Audiência

Todos de pé.

— Podem sentar. Com a palavra, o advogado de defesa.

— Meritíssimo. Promotor. Senhores jurados! Estou aqui com o mesmo propósito que os senhores: fazer justiça. Portanto, olhem bem para aquela cadeira de encosto alto. Quem está sentada no banco dos réus não é a maldade nem a raiva. Não. Aqui está o que a injustiça é capaz de fazer. Naquela cadeira dura, que deveria estar vazia, se encontra já condenada a provar sua inocência uma mulher e, mais à frente, a guardiã de todos os que se proclamam livres: a *Gramática de usos do português*. Não riam. Vejam que daqui, do meu ponto de vista, a gramática parece repousar no colo daquela que a carregou como se fosse uma filha única. Eu provo o que estou dizendo. Antes, faço questão de qualificar a "ré". Vejam que fiz aspas com as mãos.

Ela é pacata. De bem com a vida. Cheia de luz, eu diria, sem medo de parecer exagerado. E, de repente, no momento seguinte, vira esse monstro que querem provar e que não existe. O que eu vejo aqui é o acerto de contas da vítima com a sua origem.

Vítima, sim! E eu explico aos senhores pedindo que não permitam nenhuma distração, nenhuma desatenção. Depende disso o entendimento pleno do que aconteceu. É complexo o que eu vou dizer.

Não olhem mais para essa mulher sentada e que nos fascina com seu olhar delicado e cheio de interrogações.

Em julgamento hoje, nesse dia que ora chove, ora parece pegar fogo, o que está sob os holofotes é essa outra menina. (Aponta para a gramática). O livro das leis que regem o português. Não é um absurdo? Diz o processo. Página 348: a gramática atingiu a cabeça do delegado de polícia, que veio a falecer depois.

O que está acontecendo nesse país? Vejam: não pode ser tratada como ré nem ela nem sua dona, já que não cometeram nenhum delito. O ferimento na cabeça do delegado não tem nenhuma relação com a morte dele. Ele iria morrer, senhoras e senhores, de qualquer maneira. Não foi morte matada. Tirem esse peso das costas delas. Quem provocou o óbito do delegado foi o coração envenenado. Artérias entupidas de boa vida. Colesterol alto. Sangue ruim.

— Protesto! *Data venia maxima*, senhor juiz!

— Concedido. O senhor está fazendo chacota deste Tribunal? Peço que se atenha aos autos.

(Advogado continua a defesa de forma calculada.)

— Senhoras e senhores! O delegado não foi assassinado como querem provar. Não morreu por causa de uma suposta lesão corporal provocada por uma gramática lançada por essa cidadã que, inclusive, estava sob forte emoção. Apenas um parêntese: os senhores estão a par de que o delegado em questão presidiu o inquérito que levou um inocente à cadeia. Sabem disso, não é?

— Protesto.

— E não satisfeito em levar um ente querido, agora, com a sua morte, pode levar outra inocente para a cadeia.

— Protesto. A defesa agora acusa o delegado!

— Esta é a última vez que vou repreendê-lo. Que não conste dos autos.

— Eu simpatizo muito com o senhor, Meritíssimo. Pela conduta exemplar neste tribunal. Por isso peço que entenda. Estou esclarecendo o estado de ânimo da minha cliente. Peço a bondade de me deixar prosseguir com minha linha de pensamento. Ela é crucial. Voltando de onde parei. A lesão corporal provocada pela gramática. Pois bem. Atentem para o que vou revelar aqui. O delegado teve um infarto fulminante na mesmíssima noite em que essa menina (segura a gramática) bateu com força na testa dele. Sim, ela foi atirada e ainda que não tivesse acertado o alvo, o delegado tombaria. Morto. Não de susto, pelo amor de Deus! Ele teve, horas depois, um infarto do miocárdio. Uma inocente gramática não ia fazer esse estrago todo.

Senhor promotor de justiça! Vou repetir. Pro-mo-tor-de-jus-ti-ça! O senhor merece todo meu respeito. Por que cabe ao promotor promover a justiça. Não é o seu papel, em nome do Estado, da sociedade, simplesmente acusar. É o de ajudar a fazer JUSTIÇA. E isso, inclusive, significa, neste caso, a completa absolvição!

Vejam senhoras e senhores a que ponto chegamos. Agora a Justiça também julga inocentes! Não é o cúmulo da insensatez? Querem provar o quê? Que a nossa gramática é perigosa? Este Tribunal que eu tanto respeito e simpatizo foi induzido ao erro!

Senhoras e senhores: não vamos apontar o dedo para quem precipitadamente, diga-se de passagem, foi acusada de provocar a morte do delegado. Está aqui a peça contundente. Querem pegar? Olhem bem para ela. Eu trouxe um exemplar exatamente igual.

Já vimos na vida muitos casos de inocentes presos porque, diante da autoridade investida, do nervosismo e da falta de traquejo com a língua materna, caíram nas tocaias armadas com as palavras. Mas esta é a primeira vez que vejo no direito penal condenarem uma gramática. E pelo que ela não fez. Nem ela nem a dona dela.

Não se levante, senhor promotor. A gramática é, de acordo com a acusação que o senhor fez, no mínimo a cúmplice. Permitam-me uma pequena digressão.

A gramática é mal falada! E, pasmem, quem a trouxe pra cá foram os padres! Sim. A Santa Igreja! Estão entendendo? Ela foi trazida pelos padres! Piranha! Piranha!

— Protesto!

— Aonde o senhor quer chegar?

— Peço desculpas se o assusto, Meritíssimo. Senhores, senhoras. É piranha, sim! E os senhores só sabem o significado dessa palavra porque ela (aponta para a gramática colocada no banco dos réus) se apaixonou pelos índios. Pelo "ene" com o "agá". Sim. Ela gosta de tocar com a língua o céu da boca. "Nhá". Piranha, porque não fosse essa menina tão brasileira, nem abacaxi os senhores teriam experimentado na vida.

Piranha. Abacaxi. Isso, senhores... É TUPI! É o nosso idioma. Viva os índios! Abaixo o ananás! A plateia ri? Vejam, amigos que vieram ver o julgamento de uma inocente. Os padres nada puderam fazer diante da sensualidade das palavras. Temos que pedir desculpas à *Gramática de usos do português*. Ela fez de tudo para ser brasileira.

— Meritíssimo! Peço que intervenha. É como se acusasse a faca de ter esfaqueado. O senhor advogado toma nosso tempo.

— Conclua.

— É o que estou fazendo. Senhores jurados. Eu vejo nos olhos dos senhores muito medo do que pode uma gramática. Sim. Ela pode tudo, compreendem? Ela é como o Direito: tem suas leis. Aliás, as únicas que minha cliente, eu me recuso a chamá-la de ré, respeita depois do que aconteceu na família. Os senhores estão a par? Pergunto porque vem daí o motivo pelo qual, num momento de estresse, minha cliente desfere o golpe na cabeça do delegado.

Imaginem por um momento, um só, que a pessoa que mais amam, pode ser o pai, o irmão, o marido, o filho, escolham, por favor. Essa pessoa, um dia, levanta para trabalhar. A polícia está do lado de fora, fecha a rua, sobe com a viatura em cima da calçada. A casa cercada. Lá dentro, essa pessoa que você mais ama acaba de sair do banho. Se troca, e uma estranha luz azul entra pela janela da cozinha. É o giroflex. É a polícia. É o mocinho contra o bandido.

No momento seguinte, a pessoa que você mais ama é levada para a delegacia. Monta-se um circo e a acusação é de participação em uma quadrilha internacional que usava carga roubada para esconder pasta de cocaína para ser distribuída na Europa. E prendem quem? O dono da droga? O ladrão da carga? Não, pegam o infeliz que trabalha na contabilidade.

E sabem por que? Para extorquir dinheiro do dono da droga, do ladrão da carga, do dono da empresa. Pegam o bode expiatório.

— Protesto.

— Negado.

— Obrigado, senhor juiz. A farsa veio à tona um ano depois, graças a uma investigação feita pelo Grupo de Atuação Especial de Repressão ao Crime Organizado, o GAE-

CO. O dono da empresa pagou quase dois milhões de reais para se ver livre de qualquer aborrecimento. Ele é testemunha em outro processo contra o delegado, o chefe dos investigadores e outros três policiais civis. E só denunciou porque não aguentou a fome desses cinco, que palavra devo usar? Desses cinco corruptos.

A verdade, senhoras e senhores, chegou tarde como de costume nos casos de um inocente preso. Enquanto o parente que você mais ama está na cadeia, o delegado é promovido graças à investigação que fez. E então, sem acreditar na Justiça, nas leis que regem o direito, a minha cliente pega o único livro em que acredita, coloca na bolsa, e vai tirar satisfação com o delegado. Ela recebe a mensagem por WhatsApp. Que diz mais ou menos assim: sabe o delegado que presidiu o inquérito? Foi promovido. Estava tomando café, lendo a gramática no momento em que chega essa notícia. Delegado geral de polícia. E o que ela quer? Perguntar a ele quem é que vai pedir desculpas pelo malfeito, pela desgraça, pelo luto, pela desonra. E ela não encontra um delegado arrependido. Ao contrário. Vejam o que ele diz, eu vou repetir as palavras uma a uma: "Um bandido a menos para viver à nossa custa".

Está nos autos do processo. O escrivão, que testemunhou contra a minha cliente, disse aqui, nesta sala de Justiça, que nesse momento a minha cliente se levanta e golpeia o delegado. Indignada, ela pega a bolsa e com toda a força do luto, do amor, da raiva, do estresse, da covardia que fizeram, bate com a bolsa no delegado. Inconformada com a mentira, com a carreira promissora. O delegado que preside um inquérito que leva para a cadeia um inocente consegue uma promoção de cargo dentro da hierarquia do serviço público.

Ele, que presidiu um inquérito viciado, ainda chama o inocente preso de bandido.

Antes de continuar, presto aos senhores uma informação. O chefe dos investigadores e mais quatro agentes seguem presos. Se estivesse vivo, o delegado também estaria atrás das grades.

— Protesto.

— Aceito. Que não conste nos autos essa adivinhação sobre o futuro que a vítima não teve.

— Peço desculpas a este Tribunal. Pois bem. Agora que mostrei como os fatos se deram naquela tarde, vou provar que não foi a minha cliente que matou. Quando a gramática foi atirada, num momento de intenso estresse, acabou por atingir a testa larga do delegado de polícia. Coincidência, não? A gramática atingiu a consciência do delegado. É verdade. Vejam. Eu lhes devo essa explicação. O córtex pré-frontal fica nesta região da testa. Apalpem a dos senhores, por favor. Pois fica aí a nossa clareza das emoções. Uma área que quando é atingida de fato por uma lesão, reduz a capacidade das pessoas de sentirem culpa ou remorso. Foi justamente nesse lugar que a gramática bateu.

Eu vou ler o que disse o legista: "A gramática usada contra a cabeça da vítima pesa mil quinhentos e sessenta e três gramas. Provocou um hematoma e um pequeno corte de aproximadamente três milímetros no córtex-frontal. Levando em conta as variáveis como velocidade, atrito com o ar, não tem potencialmente nenhuma possibilidade de provocar um ferimento de morte".

Ouviram? O pronome "nenhum" é a dupla negação. Duplamente impossível. Olha a gramática ajudando a provar a inocência.

Então, senhoras e senhores, vamos aproveitar este começo de noite para todos irmos embora. Vamos pedir desculpas a essa mulher, à sua gramática, e vamos para casa. Ou teria este Tribunal sido atingido no seu córtex pré-frontal e, por isso, reagiria com tamanha indiferença à prisão de uma inocente?

Senhoras e senhores! Passem a mão em suas testas e certifiquem-se de não terem se ferido na capacidade de distinguir o certo do errado.

Peço licença para ler um trecho da "carta aberta" escrita por um grande jornalista, que, não podendo viver com a condenação de um inocente, arriscou sua pele. Vou tomar um copo de água porque este é um momento crucial. Preciso da absoluta atenção dos senhores e senhoras. Por favor.

Falemos de um outro inocente preso. O capitão Dreyfus. Um judeu acusado de alta traição com base num bilhete fajuto e capturado pelas forças de segurança da França. O bilhete, é claro, foi escrito por outro homem. Este sim, o culpado. A despeito da verdade, Dreyfus foi sentenciado à prisão porque seus acusadores afirmaram, baseados em suas opiniões, que a letra era dele. Enfatizo: baseados em suas opiniões! E se os senhores forem ler o processo, e eu os convido, vão ver o demônio que pintaram. Dreyfus um traidor vil, um homem sem escrúpulos.

Um capitão que servia com a vida o povo da França foi mandado para a Ilha do Diabo por causa de um bilhete cheio de palavras que ele não escreveu! E Émile Zola, o jornalista que fez uma carta aberta ao presidente, denunciando as provas forjadas e as testemunhas fundamentais dispensadas pela Corte, foi também condenado à prisão pela defesa que fez! Não é de deixar a todos nós, senhor promotor, senhores jurados, senhor juiz, estarrecidos?

(Ajeita a franja.)

Olhem o que Zola diz, dirigindo-se à juventude, nessa carta que tem o nome de "Eu Acuso!". Abre aspas: Prestem atenção: Fica sempre com a Justiça. Se a ideia de Justiça se obscurecer dentro de ti, correrás todos os perigos. Há uma noção mais alta da Justiça, a que afirma em princípio que todo julgamento dos homens é falível e admite a inocência possível de um condenado, sem com isso insultar os juízes. Não é essa uma aventura que deve animar sua inflamada paixão de Direito? Quem se levantará para que a Justiça seja feita, senão tu que não estás envolvida nas lutas de interesse e pessoas, tu que ainda não estás comprometida em nenhum caso suspeito, tu que podes falar em voz alta com toda a pureza e boa-fé?

Fecha aspas. Num outro trecho, vou ler para este tribunal de notáveis:

Abre aspas: Não há infortúnio mais doloroso, no homem honesto, que sofrer o martírio da sua honestidade. Assassinaram nesse homem a fé no amanhã, envenenaram sua esperança e, se morrer, ele dirá: Acabou-se, não há mais nada, tudo que fiz de bom desaparece comigo, a virtude não é mais que uma palavra.

Eu me emociono, senhora jurada, quando releio essa carta. E para deixar a história completa, preciso contar-lhes o final. Ao perceber o erro, primeiro o governo francês tentou esconder. Depois, para não ficar feio àquela sociedade hipócrita, veja, senhor Magistrado, o presidente da República deu o perdão a um inocente! Não é a total degradação do poder? Perdoa o inocente e prende o jornalista! Como é difícil fazer justiça na história da humanidade!

Sete anos depois dessa encenação bizarra, o Governo da

França foi obrigado a reconhecer seu erro e pedir desculpas à família Dreyfus. Zola, caríssimo promotor, morreu quatro anos antes. De forma até hoje suspeita: asfixiado por fumaça. Monóxido de carbono, enquanto dormia.

Aqui vai toda minha solidariedade à família que perdeu seu ente querido durante um incêndio provocado em uma rebelião. Antes de ser julgado, sem nunca ter sido acusado de nada e jurando inocência. Como Zola, intoxicado.

Senhores jurados. É aos senhores que me dirijo. Entendam o que está prestes a acontecer aqui. A culpa é dela? (Aponta de novo para o banco dos réus, onde repousa a *Gramática de usos do português*).

Tirem a língua portuguesa do banco onde se sentam assassinos, sequestradores, traficantes e estupradores. Soltem essas duas inocentes. Essa mulher amável e sua gramática. Livrem-se do peso que é trancafiar um inocente como se fosse um bicho. A injustiça que se faz com um se faz com todos! Muito obrigado pelo tempo que me deram. Liberdade! Abra as asas sobre nós.

★★★

Bravo. Bravíssimo, ela falou enquanto aplaudia. Foi repudiada pelo juiz, pelos jurados. A questão é que aquela encenação toda a tirou de dentro do Tribunal. Era muito esquisito ouvir falar de si em terceira pessoa, como se fosse personagem. Como se fosse uma história e não gente. Sentiu-se num teatro.

Estava confusa, falava pouco. Sentia muita falta da gramática. Disse ao juiz: Desde que a gente se separou, as palavras me fogem e eu fico tentando agarrá-las.

Quando o magistrado se levantou, ela esticou o braço para pegar a gramática.

Vamos embora para casa. Já é tarde.

Os guardas, então, a seguraram com força. A gramática era prova e, como tal, pertencia ao Estado.

Memória

O carro estava pronto e quando entrou, as chapas de ferro foram trancadas pelo lado de fora. Uma lata revestida de cima a baixo com folhas de zinco. No teto, duas lâmpadas queimadas. Nas laterais, seis gomos de cada lado como se o ar tivesse a obrigação de fazer piruetas para entrar. Era noite o tempo todo ali dentro. Não sabia em que hora estava. De todo modo, era tarde demais. Ficou com medo de se desequilibrar sem o cinto de segurança. Na frente, tinha uma barra de ferro. Um corrimão para algemar o preso. Sentou-se bem próxima à porta para ter amparo nem que fosse de um lado só do corpo. A chapa dava pequenos choquinhos de gelada que estava.

Vez ou outra sentia o corpo flutuar. Eram os buracos no asfalto produzindo a gangorra no banco. Nas rotatórias, nada pôde fazer para permanecer em linha reta. Ouvia a sirene cantando.

Olha a paz. A carga de porcarias está longe de vocês.

Fechou os olhos e imaginou o Ente Querido sendo transladado de um presídio para o outro. Duzentos, trezentos quilômetros sem ventilação suficiente. O ar pesado e fedorento do suor.

***

— Onde é que a gente está? Por que parou?

Pela fresta entrou a voz de um dos homens da escolta. Não sabia se por sadismo ou humanidade, o guarda informou.

— Estamos num posto de combustível. Aqui está coalhado de polícia. Qualquer gracinha a gente vai levar o dobro do tempo parado.

— A gente está com fome. Com sede.

Imaginou pelo calor que a temperatura estivesse na casa dos trinta e um graus.

— Quanto tempo a gente está parado aqui? Eu acho que o carro está embaixo do sol porque virou um forno. Ei! Tem gente passando mal. Isso não é direito.

Ele desmaiou e chegou ao presídio desidratado.

***

Catorze horas de viagem dentro do bonde na minha primeira transferência. Sem luz nem água, sem comida e banheiro. Você acha que não vai aguentar, tem que controlar o corpo pela mente, não pode fraquejar. Você perde a noção do tempo. Saí do bonde cambaleando, tonto, com a cabeça latejando. Eu não reclamei com medo de ser visto como um frouxo. Não gosto de lembrar disso. Não gosto mais de lembrar. A memória é minha inimiga. Ela faz você voltar, à revelia da vida. Pudesse esquecer eu seria grato.

***

Abriu os olhos e então notou a moça sentada depois de outras duas. Achou que era a atendente do armarinho que, para valorizar o testemunho dado no tribunal, disse ter sentido medo da raiva que a ré tinha ao segurar a régua e medir *tupperwares*.

— Sim! Uma vez pensei que ela fosse me agredir — respondeu ao promotor.

— Eu? Dona, meu B.O. é outro. Nunca te vi na vida.

Estava tão certa de ter reconhecido a menina! Piscou devagar e sentiu o peso da memória. Lembrou da procissão de testemunhas. O depoimento da vizinha foi contundente. O promotor perguntou:

— Que tipo de risco sua vizinha representava?

— Ela praticava magia negra. Eu digo isso porque ela tinha um encosto. Sentia frio no calor, tinha sede enquanto bebia água, uma coisa de possuída, doutor.

— E o que mais a senhora percebeu de errado?

— Eu estava pendurando a roupa no varal e ela perguntou assim ó: "onde está o resto do corpo?". O senhor não acha perigoso morar do lado de uma assassina?

O padre pouco ajudou. Chamado a depor, contou um episódio inútil no julgamento: a cena terrível da missa de sétimo dia, quando ela leu a gramática no lugar da Bíblia.

Então, só ela viu. O marido entrou. Vestia um terno com gravata azul celeste. Estava mais magro. Mais abatido. Lindo. Na mão esquerda mantinha a aliança, e o verde dos olhos dele pareceu pintura em guache. Aquele homem deu ao tribunal uma aura de gente comum e honesta. Ele disse o que pôde para livrar a mulher da acusação.

— A coitadinha tá desorientada, doutor. Ela às vezes pensa que eu sou o nosso menino que morreu. Ou o irmão que ela ajudou a criar como se fosse outro filho. Morreu tão moço. Deixe que eu leve minha mulher para casa e nunca mais vai incomodar ninguém.

Os dois se olhavam sem se alcançarem. O marido contou o orgulho que a mulher tinha em recitar, como se fosse verso, a importância da oração subordinada. O apreço pelos prefixos, que mudam um radical simplesmente entrando na frente, as palavras brincando de substantivo, de adjetivo. Era o verbo juntando os cacarecos e formando a frase.

Ela ouvia encantada a maturidade do marido. Disse baixinho para si mesma que a gramática nunca foi outra senão um sentido para os acontecidos da vida.

— E o senhor sabe que ela nunca conseguiu entrar no presídio? Isso é um pecado muito grande com a família.

O marido começou a chorar e ela a pensar quantas palavras cabem para juntar um sujeito simples, um verbo transitivo direto e o objeto direto? Numa distração, falou alto do seu lugar de ré:

— São três. Eu te amo!

O júri achou estranho ouvi-la fazendo uma declaração de amor para o vazio enquanto o promotor fazia seu contra-arrazoado. O advogado de defesa pediu para se aproximar da cliente.

— Está tudo bem?

—Viu meu marido?

— Não. Agora é o promotor que está falando. Precisa escutar com atenção. Pode ser?

***

O carro seguiu rumo à penitenciária feminina. Era a única que não conversava com ninguém. Uma das mulheres estava feliz porque viu a filha de relance no corredor do Fórum. Rápido e intenso.

Ela teve certeza de que o Ente Querido estava sentado entre aquelas mulheres. Ele olhava para cima.

Olha para mim. Você vai voltar para casa comigo hoje, viu? Outra coisa. Sabe o que é julgamento? É verbo de atividade mental. Página 347. Pode ver. Tá na gramática. Cadê minha gramática? Sinto falta. Minha cabeça fica vazia. Como se tivessem arrancado os cabelos.

A porta bateu forte quando chegou ao destino. Mais uma noite. A sentença provavelmente sairia no dia seguinte. A ela pouco importava. Não sabia mais contar a espera. Estava esquecida de tudo.

Sentença

Todos de pé.

— Podem sentar. Chegaram a um veredicto?

— Sim.

— Por unanimidade, este Conselho de Sentença declara que a ré é inocente da acusação de homicídio doloso. Está provada a inexistência de prova da concorrência do réu. Há o fato, mas não se conseguiu demonstrar que a ré tomou parte ativa. Os jurados entendem que houve uma morte sem que tenha ocorrido um assassinato.

Enquanto o juiz falava, o advogado notou que sua cliente não prestava atenção ao que ouvia. Ela parecia em outro mundo, distante da Justiça. Estava apática e balbuciava palavras desconexas. Não ouvia o juiz falar. Completamente diferente do dia anterior.

— No entanto, este Tribunal acata a tese de lesão corporal grave contra agente público e que, embora o delegado tenha infartado, ele também foi vítima de um golpe desferido pela ré, que teve sim a intenção de matar, embora os jurados a tenham absolvido desta culpa.

O juiz continuou falando e as palavras tinham som de grego, latim. Não combinavam com as letras.

— Diante disso, decido: A paciente é incapaz de controlar seus atos. Os exames de ressonância magnética realizados a pedido desta promotoria demonstraram sinais avançados de demência em decorrência da doença de Alzheimer, que vitimou a ré precocemente. Desde moça a ré apresentava problemas psiquiátricos, como a mania de repetir exemplos da gramática, que serviu de instrumento para o ataque ao delegado. Cabe a este juiz determinar medida de segurança com a internação da paciente em Hospital de Custódia e Tratamento Psiquiátrico. Cito aqui as medidas cautelares previstas pela Lei 12.403/11, em que consta medida restritiva de liberdade tal como a prisão provisória voltada àqueles classificados pelos peritos como inimputáveis e semi-imputáveis. Antes de finalizar esta sessão, quero me dirigir à senhora, em particular. Ficou provado neste Tribunal que a paciente agiu sob forte emoção e os traços severos de demência se aprofundaram na época das rebeliões que mataram centro e trinta e seis presos em dezesseis dias, ocasião em que veio a perder um ente querido. Chamo a atenção não como causa, mas com o pesar de saber o mal que um estresse pós-traumático traz para a alma e para o juízo dos seres humanos.

— Não pode usar o Mas. Eu matei.

A interrupção enquanto o juiz falava trouxe um mal-estar entre os jurados e causou espanto no advogado. Era um indicativo das ausências que ela teve durante todo julgamento, como se guardasse palavras sem a percepção do valor e peso que tinham.

— Concluindo. Como juiz de direito, poucas vezes vi uma ré caber tão bem no banco da testemunha e no de vítima. A senhora, no entanto, aqui chegou para entrar no rol dos culpados ou sair como inocente. Nenhuma outra possibilidade se apresenta. A senhora não é nem uma coisa nem a outra. Por isso, cabe a mim o juízo final. Assim sendo, como medida de segurança, deve a ré ser recolhida ao Hospital de Custódia e Tratamento Judiciário, e que lá fique por pelo menos um ano. No final do período, que tenha uma nova avaliação psiquiátrica. Declaro encerrados os trabalhos desta Corte.

O advogado de defesa não se conformou com a sentença. Ele nunca tinha perdido um cliente para os hospitais de custódia. Trabalhava num escritório elegante e atendeu de graça aquele caso pela paixão que despertou. Foi ele que a procurou, já presa, assim que a imprensa noticiou a morte do delegado e a história da acusada. Para o advogado, ela representava a ausência do Direito, da Justiça e, em consequência, representava o Estado bruto e impune. Dirigindo-se a ela, explicou com paciência.

— É muito subjetivo o laudo que declara que o paciente oferece risco à sociedade. Depende do médico. Eu vou recorrer, vai ser difícil, mas não vou abandoná-la. Entende isso que estou dizendo?

Ela arregalou os olhos. Foi toda a expressão que demonstrou. Se existe a prisão perpétua, é no Hospital de Custódia que ela se materializa.

***

Do lado de fora, o dia carregava sua dubiedade. Foi o advogado quem reparou.

As calçadas molhadas em consequência da chuva forte, o sol devolvendo sua quentura e levantando uma fumacinha do chão. Um enorme arco-íris encostou no céu. Precisava pensar nos recursos contra uma sentença tão dura. Ele tinha na pasta a *Gramática de usos do português*. Comprou uma para se aproximar mais da cliente. Ao entrar no táxi e sair do Fórum, abriu aleatoriamente.

Página 582: "*Cada minuto, cada ponto, na linha da minha existência pode ser um milagre ou um desastre, uma estrela ou um precipício*".

Afrouxou a gravata, fechou os olhos e abraçou livremente a paixão.

***

Sentada e algemada num banco que outrora fora ocupado pelo Ente Querido, ela viu pela treliça mais sombra que luz. A todos pareceu confusa. O olhar distante. Sem o livro-tarô por perto, começou um ditado sobre as regras da oração subordinada. Estava tudo organizado na memória e as palavras, elas lhe deram as costas. Não se lembrava como se formava uma frase. Mandaram que calasse a boca.

Tupperware

A vida no hospital era a de uma cadeia com remédio. No começo, a sensação que teve foi de ser uma estrangeira em território inimigo. Tinha medo de pisar o chão e uma bomba explodir. Andava segurando nas paredes num movimento das aranhas. Também não entendia o que as pessoas diziam. Depois, teve certeza de que estava confinada como prisioneira de guerra.

Não reconhecia direito o som das palavras. Na maior parte do tempo, ela olhava para as paredes sem nenhuma reação. Pensava e não sabia dizer. Dizia sons de consoantes e de vogais. Separadas.

Trrrrrrrrrrrrrrrrrrrrrrrrrrrrrrrrrrrrrrrrrrr. Aaaaaaaaaaaaaaaaaaaaaaaaaa.

As letras depois se desfaziam como bolhas de sabão ao vento. Não tinha mais linguagem para retê-las.

Num dos breves momentos de consciência que teve, notou que naquele hospital havia um grupo de pessoas que gatinhava e não tinha hábitos de higiene. Elas gritavam quando obrigadas a tomar banho, que era gelado. O cabelo bem rente à cabeça para não dar piolho. Representavam para ela a ala das pessoas não gente. Muito próximas do núcleo selvagem do ser humano.

Tinha tanto pavor de entrar no grupo a ponto de sentir a alma fazer tique-tique, como se fosse uma bomba-relógio.

Cuidado com a contagem regressiva.

Escutou a alma dizer isso e esqueceu em seguida. Os relâmpagos de entendimento rareavam no decorrer dos dias. Até que parou de chover para sempre.

***

O prédio das meninas tinha teto baixo e não havia janela nas celas. Nenhuma área envidraçada. O cimento tinha uma infiltração de esgoto e isso deixava o cheiro insuportável no verão. Homens também estavam internados em outra ala, em frente à delas. Bem maior que a das mulheres. Eles podiam circular mais livremente. Tinham um pátio para atividades físicas e árvores. A ala feminina não. Era formada por uma galeria escura e o pátio pequeno era gradeado de cima a baixo. Essa característica física deu ao lugar um apelido. Chamavam de canil. As presas ficavam no canil.

Setenta mulheres cumpriam pena ali. A maior parte delas tinha crime na esfera familiar. Contra maridos violentos, pais abusadores e uma matou o filho. Nenhuma delas recuperou a liberdade mesmo depois do cumprimento do prazo de internação.

***

Estava confinada num lugar que só ganhava lotação e ali se afeiçoou a uma agente penitenciária porque quando falava, a mulher tinha crase no lugar certo. Acentuava as palavras e cantava duplicando o A para fazer valer o acento. Não sabia por quê, mas o som era bom e lhe pareceu familiar.

— E como é que ela está?

A pergunta do advogado era feita uma vez por mês, pouco antes da visita. E tinha uma repetição na resposta:

— O quadro evolui com muita rapidez.

Dessa vez, veio um complemento ao que estava acostumado a ouvir.

— Essa semana ela passou a ter dificuldades para engolir. Engasga muito. Ela também piorou no comportamento.

Quando a viu de cabelo raspado, entendeu que a mulher agora não tinha mais autonomia. Parecia serena e não esboçou nenhuma reação quando ouviu seu nome. Como se não fosse o dela. Ela tinha feito a travessia do silêncio para o vazio.

Ele levou de presente uma gramática igual à que ela tinha, mas desencadernada, como mandavam as regras do cárcere. Arrancou a capa, tirou a cola com água quente e colocou o livro desfolhado embaixo das mãos dela.

— Olha! Ela segurou a minha mão. Ela reagiu.

— São espasmos. É assim mesmo — explicou a moça que, se tudo sabia de saúde mental, nada entendia dos códigos que animam a esperança.

— A senhora pode me dar licença? Queria ficar a sós com ela.

Encontrar uma esfinge quando se pretende ver um ente querido foi uma experiência dolorosa para ele. Fez então um discurso porque precisava disso.

— Eu não sei como te ajudar. Eu olho dentro do seu olho e vejo um vazio enorme. Tudo é tão quieto em você. Você me conquistou pela força que teve em tentar provar a inocência dele. Tinha investigação. Tinha prisão decretada por juiz. O bandido sempre diz que é inocente, mas você acreditou desde o começo. E se submeteu a toda sorte de humilhação. Quem é que vai, nesse mundo, pedir desculpas para você? Espero que sua memória tenha te levado para um lugar tranquilo apesar desse inferno de hospital-prisão.

O Hospital de Custódia dava-lhe dor de cabeça. Saía de lá derrotado. E mesmo convicto da subjetividade dos pareceres psiquiátricos, ele continuou tentando provar na Justiça que a mulher não tinha periculosidade. O primeiro laudo foi inconclusivo. Apesar de não ser violenta na maior parte do tempo, ela tinha alucinações e ficava arredia. A vírgula, pensou o advogado. "Apesar de não ser violenta na maior parte do tempo, vírgula, ela tinha alucinações". Quer dizer: em alguns episódios ela era violenta. Mas se mudo essa vírgula, "Apesar de não ser violenta, vírgula, na maior parte do tempo ela tinha alucinações", quero dizer que ela nunca foi violenta e na maior parte do tempo estava fora da realidade. A gramática define sim o entendimento do mundo, disse o advogado, dando razão ao fascínio que sua cliente experimentou quando viu na quermesse que bastava pescar para fisgar o entendimento da vida.

O tempo foi ficando cruel. Até que no dia em que o Ente Querido completou dez anos de morte, ela viu no pátio, próximo da saída para a carceragem, um beija-flor costurando o ar. A rapidez das asas, a trajetória do corpo. Levantou um pouco a cabeça do chão e depois logo desistiu. Ficou ali deitada, vendo o bordado do pássaro. Aquilo não lembrou nada a ela. Só era bonito. Deixou-se levar. E foi.

Eram cinco horas da tarde quando o advogado recebeu o telefonema do hospital, dizendo:

— Sua cliente agora está livre.

Uma moça delicada ligou em seguida. Não era do Hospital de Custódia.

— Lamento pelo que aconteceu. O senhor é o representante legal dela. Soube que era uma mulher muito culta.

— Mais que advogado. Eu era amigo.

— Acompanhei algumas reportagens sobre o caso. O Estado errou muito com essa família. Ainda assim, eu ouso pedir-lhe ajuda nesse momento tão doloroso.

A ligação era do Serviço de Verificação de Óbitos que, em parceria com o Biobanco, sondava as famílias sobre a doação de cérebros de pessoas acima dos cinquenta anos.

O advogado ouviu. Desligou o telefone e foi para o IML.

A noite era tão comum quanto haveria de ser o céu de um dia ordinário. Sem estrelas por causa da poluição. Sem chuva por causa do período de estiagem. Sem lazer nas ruas porque era dia de semana. Ele assinou o que precisava ser rubricado e sepultou o que precisava ser enterrado.

O que restou dela sobre a terra está no Centro para Estudos do Envelhecimento. Dentro de um *tupperware* de 30,5x16,7x15,6. Para estudos sobre o Alzheimer.

Vade mecum

A injustiça que se faz a um é uma ameaça que se faz a todos
MONTESQUIEU

Artigo 217
Heberson Oliveira
Estado: Amazonas
Crime: estupro
Profissão: ajudante de pedreiro.

Heberson foi preso depois de reconhecido pelo pai da vítima, uma menina de nove anos, que morava na casa ao lado. Levado à delegacia, não tinha antecedentes e apresentou como álibi o fato de estar trabalhando no horário dos fatos em outra região de Manaus. O retrato falado feito pela vítima tinha algumas diferenças. Entre elas, a altura. O estuprador era muito mais alto. Heberson foi levado à penitenciária, onde permaneceu preso por dois anos e sete meses. O crime de estupro tem pena capital no sistema carcerário. Durante dois meses, foi violentado pelos presos e teve uma recuperação difícil dos ferimentos que sofreu. Contraiu aids. Sobreviveu a quatro rebeliões.

A defensora pública Ilmair Faria se comoveu com a história do ajudante de pedreiro. Reuniu provas, ouviu testemunhas, viu os erros do reconhecimento. Recorreu e a Justiça reconheceu que se tratava de um inocente. Em 2013, os dois filhos, menores à época, entraram com pedido de indenização pelos danos que sofreram com a prisão do pai. Heberson é o representante legal no processo e ganhou em todas as instâncias. Mas não há previsão de pagamento e cumprimento efetivo da sentença pelo erro judicial.

***

Artigo 121
Daniele Toledo do Prado
Estado: São Paulo
Crime: homicídio duplamente qualificado por motivo fútil e meio cruel
Profissão: dona de casa

Deu entrada na emergência de um hospital público de Taubaté, interior de São Paulo, com a filha de um ano e três meses convulsionando nos braços. A médica que socorreu a menina chamou a polícia por causa da presença de um pó branco na mamadeira, que poderia ter levado ao quadro grave em que a vítima se encontrava. Daniele foi acusada de colocar cocaína na mamadeira. O bebê morreu na emergência depois de três paradas cardiorrespiratórias. Daniele foi presa em flagrante. Na cela, estavam vinte e uma presas. Acompanharam a reportagem policial do dia. Ao entrar na cela, Daniele foi reconhecida como o "monstro da mamadeira" e espancada. Na sessão de tortura, levou socos e pontapés. Teve a clavícula e a mandíbula quebradas. Uma das presas enfiou uma caneta esferográfica no ouvido dela. Ficou sem a audição e a visão do lado direito. Foi resgatada da cela só pela manhã. Convulsionando e desmaiada. Daniele ficou trinta e sete dias na cadeia.

O IML fez exame necroscópico no bebê e periciou a mamadeira. O laudo atestou que o pó branco era um anticonvulsivo prescrito por um médico que atendia a menina no posto de saúde. Até a absolvição completa foram dois anos.

Escreveu o livro *Tristeza em pó*.

***

Artigo 172
Atercino Ferreira de Lima Silva
Estado: Distrito Federal
Crime: abuso sexual
Profissão: vendedor

Condenado a vinte e sete anos de prisão por abusar sexualmente dos filhos menores, na época com seis e oito anos de idade. O testemunho das crianças foi fundamental para a condenação, apesar de laudos periciais desmentirem parte dos depoimentos dos menores. Atercino apelou para instâncias superiores e foi preso depois de quinze anos tentando provar a inocência. Ao atingir a maioridade, os filhos começaram a luta para provar que o pai era vítima de falso testemunho. Os filhos disseram que foram ameaçados e apanharam quando crianças para mentir e beneficiar a mãe durante o processo de separação do casal. O pedido de revisão criminal foi o primeiro caso apresentado à Justiça pela ONG Innocence Project Brasil, criada em 2016.

Atercino cumpria o primeiro ano da pena na penitenciária de Guarulhos quando, em 1º de março de 2018, o Tribunal de Justiça corrigiu a sentença e o declarou inocente.

***

Artigo 121
Vladimir Sobrosa
Estado: Rio de Janeiro
Crime: homicídio e formação de grupo de extermínio
Profissão: técnico em eletrônica

Acusado de ser pistoleiro, teria matado com outros comparsas, em 12 de maio de 1995, o jornalista Aristeu Guida da Silva. Ficou quase onze anos e oito meses na cadeia sem julgamento. Foi inocentado doze anos depois do crime. No cárcere, Vladimir adquiriu doenças respiratórias e perdeu quase toda a visão do olho direito. Foi transferido vinte e quatro vezes de presídio.

Requereu ressarcimento pelos danos causados. O estado do Rio de Janeiro foi condenado pelo Tribunal de Justiça a pagar a indenização de dois milhões de reais por danos morais. O Estado recorreu do processo de indenização.

***

Artigo 157
Fabiano Ferreira Russi
Estado: São Paulo
Crime: assalto à mão armada
Profissão: manobrista

De acordo com o inquérito policial, atirou contra uma das vítimas durante o assalto. No dia e na hora do crime, Fabiano estava no trabalho — um hotel quatro estrelas de São Paulo. Apesar do álibi, Fabiano foi identificado pela vítima. Foi condenado a doze anos e seis meses. Ficou quatro anos preso.

Recorreu e foi absolvido.
Revisão criminal: 000119897.2008.8.26. 0000

***

Artigo 157
Wagno Lúcio da Silva
Estado: Minas Gerais
Crime: latrocínio
Profissão: segurança

Roubo de um toca-fitas, que resultou no assassinato a facadas do taxista Rodolfo Cardoso Lobo, no município de Congonhas. Preso no dia do seu aniversário e seguinte ao crime, foi condenado a vinte e quatro anos de reclusão depois do depoimento de um menor que participou do crime. O garoto disse depois que foi ameaçado por dois homens que queriam se vingar e inventaram a participação do segurança. Wagno foi torturado por quinze horas para que confessasse o crime. Perdeu todos os dentes e tentou três vezes o suicídio. Cumpriu oito anos e três meses, a maior parte em presídio de segurança máxima.

Revisão criminal— 1.0000.05.423126-1/000

***

Artigo 159
Aldenor Ferreira da Silva
Estado: Distrito Federal
Crime: sequestro, extorsão, assassinato
Profissão: advogado

Condenado a vinte e quatro anos de prisão, a vítima era um trabalhador da zona rural de Sobradinho. Ficou preso um ano e sete meses.

A Justiça reconheceu o erro ao descobrir que o morto estava vivo e, inclusive, foi preso. O Tribunal de Justiça se deu conta de que não havia atestado de óbito nem laudo de exame cadavérico.

***

Artigo 217
Paulo Antonio da Silva
Estado: Minas Gerais
Crime: estupro
Profissão: porteiro

Preso depois do reconhecimento das vítimas. De acordo com o inquérito policial, estuprou duas crianças na década de 1990. Os álibis não foram checados. Condenado a trinta anos de prisão, passou cinco anos, sete meses e dezenove dias preso. Pelo mesmo crime, um outro réu cumpriu pena. Eugênio Fiúza, artista plástico, foi preso em 13 de agosto de 1995. Passou dezoito anos cumprindo a pena. Os dois não se conheciam.

Paulo Antonio entrou com um pedido de indenização por danos morais em 2013. Ganhou na primeira instância em 2014. O Estado recorreu.

Processo: 0024.13.184.340-1

***

Artigo 217
Eugênio Fiuza
Estado: Minas Gerais
Crime: estupro
Profissão: artista plástico

Reconhecido por uma das vítimas, foi preso em 13 de agosto de 1995. Passou dezoito anos cumprindo pena pelo mesmo crime que Paulo Antonio da Silva. Reconhecido por mais oito vítimas, foi condenado a uma pena total de trinta e sete anos de prisão em cinco processos criminais. O caso só começou a ser esclarecido em 2012, depois que Pedro Meyer Ferreira Guimarães confessou ser o verdadeiro "maníaco do Anchieta", autor dos crimes. Pedro foi reconhecido pelas vítimas que anteriormente apontaram Eugênio como o responsável pelos estupros.

Absolvido graças ao trabalho da Defensoria Pública, Eugênio entrou com pedido de indenização. O processo corre em segredo de Justiça.

***

Artigo 213
Adão Manoel Ramires
Estado: Rio Grande do Sul
Crime: estupro
Profissão: [não identificada]

Acusado de estupro, que resultou na gravidez de gêmeos de uma jovem de vinte e quatro anos com problemas mentais. Sem recursos financeiros, pediu ao Estado que fosse feito o exame de DNA, já que não podia pagar. Um outro teste foi feito e apontou que Adão tinha 60% de chance de ser o pai. Foi condenado a oito anos em regime fechado. Passou cinco anos na cadeia e foi posto em liberdade porque trabalhou no presídio. Quando finalmente o exame de DNA foi feito, o resultado mostrou que ele não poderia ser o pai das crianças.

Depois de dez anos de processo judicial, foi absolvido pelo Tribunal de Justiça. Entrou com pedido de indenização contra o Estado. Processo corre em segredo de Justiça.

***

Artigo 121
Marcos Mariano da Silva
Estado: Pernambuco
Crime: homicídio
Profissão: mecânico e motorista

Marcos Mariano da Silva passou seis anos na penitenciária até a prisão do verdadeiro assassino. Três anos depois, foi preso numa blitz. Constava como foragido. Levado de volta para a penitenciária, passou mais treze anos encarcerado. Contraiu tuberculose e ficou cego dos dois olhos depois de uma rebelião. Ao todo, ficou dezenove anos na cadeia por erros da Justiça e da Polícia.

Entrou com um processo de reparação pelos últimos treze anos de cárcere. Quando soube que o Superior Tribunal de Justiça concedeu dois milhões de reais de indenização, sofreu um infarto e morreu. Marcos foi enterrado no Recife, a família não recebeu o dinheiro e o processo de pagamento da indenização está em segredo de Justiça.

Superior Tribunal de Justiça — Recurso Especial Resp: 802435PE 2005/0202982-0

***

Artigo 121
Joaquim Naves Rosa e Sebastião José Naves (irmãos Naves)
Estado: Minas Gerais
Crime: homicídio
Profissão: agricultores

O caso de Joaquim Naves Rosa e Sebastião José Naves (os irmãos Naves), acontecido no final da década de 1930, é um dos mais célebres erros judiciários do Brasil. Depois de inocentados pelo júri popular, os dois irmãos foram condenados pelo Tribunal de Apelação de Minas Gerais a dezesseis anos e seis meses de prisão pelo homicídio do primo.

Joaquim tinha vinte e sete anos e uma filha e Sebastião tinha trinta e dois anos e dois filhos quando, em 29 de novembro de 1937, em Araguari, Benedito Pereira Caetano desapareceu da cidade levando noventa contos de réis. A vítima era primo dos réus. Joaquim e Sebastião, depois de muita investigação, confessaram o crime. Em depoimento ao juiz durante o julgamento disseram:

Joaquim Naves Rosa: *Não matei... Não fiz nada, seu juiz... Sou inocente... Falei por causa dos espancamentos, das ameaças, falei por causa de seu delegado... Tudo que eu disse foi para não sofrer mais. O delegado me forçou... Falou até que tinha matado meu irmão... Ele vai me bater ainda mais, seu juiz... Pelo amor de Deus... Não me manda mais para o seu delegado... Ele vai me bater de novo, seu juiz.*

Sebastião José Naves: *Tudo que disse foi de medo e pancada, seu juiz... Sofri até não poder mais, para soltar as mentiras desse processo... Me davam purgante... Me amarravam, me surravam tanto, tanto que depois não podia mais... Meu corpo se encheu de sangue... Até minha mãe apanhou... Deixaram ela nua... Aguentei trinta e oito dias... Aí tive que falar mentira... Qualquer um falava daquele jeito... Juro por Deus e meus filhos... Sou inocente.*

Ambos foram absolvidos, mas a promotoria conseguiu anular o resultado. No terceiro julgamento, no Tribunal de Justiça, os réus foram condenados a vinte e cinco anos e seis meses de reclusão. Ficaram presos por mais de oito anos. Joaquim já havia falecido quando foi provada a inocência dos dois. Sebastião José Naves morreu muitos anos depois, em 1964.

O primo Benedito Pereira Caetano, a suposta vítima, sempre esteve vivo. Como Sebastião e Joaquim sempre sustentaram diante do juiz, eram inocentes.

Nota da autora

Os casos relatados em *Vade mecum* são reais e públicos. Os processos constam do site *JusBrasil*, uma plataforma que dá publicidade aos atos oficiais e jurídicos em favor do direito amplo e irrestrito à informação. Em todos, a Justiça reconheceu que houve erro ao mandar para a cadeia pessoas que não cometeram crime algum.

Foram escolhidos processos e condenações de brasileiros inocentes de diferentes regiões do país por crimes diversos com a intenção de mostrar ao leitor que os erros judiciais se repetem indiferentemente do Estado ou do tipo de delito.

No momento em que o livro foi escrito, o Brasil contava com a terceira maior população carcerária do mundo, e quarenta por cento dos presos brasileiros cumpriam pena sem terem sido julgados.

Agradeço aos familiares e inocentes presos que dividiram comigo suas histórias. A Vanessa Ferrari pela leitura atenta. Aos que leram com a vontade de procurar pontas soltas, como Roberta Paixão, Julián Fuks, Joca Reiners Terron, Silvana Tavano, Roberto Taddei e Gabriela Aguerre. A Bruno Zeni pela compaixão com a causa e o profissionalismo impecável na edição deste livro. A Ivandra Previdi pelo incentivo. E, por fim, aos meus familiares. A minha mãe, Maria Luíza Série pelo apoio irrestrito e incondicional. Ao meu marido, Paulo Costa, pela cumplicidade. A Carolina Série, pela existência. A Paulinha, a quem também ofereço este livro, por contribuir com as dúvidas e incentivar a escrita. A Vera Luíza Série, pela torcida. Ao meu tio, Luís Bettiati, que leu com a alma. E ao meu pai, Paulo Fernando Série, que defendeu inocentes a vida toda. Vocês foram imprescindíveis.

Os exemplos gramaticais citados são da *Gramática de usos do português* (Editora Unesp, 2000), de Maria Helena de Moura Neves, a quem devo respeito e um carinho imenso.

Este livro foi premiado pela Secretaria de Cultura e Economia Criativa do Estado de São Paulo através do projeto de incentivo à criação e publicação literária ProAC — Edital 33/Prosa.

Isabel Série é jornalista há mais de trinta anos. Transitou por dezenas de delegacias e cadeias durante a carreira. Foi a primeira repórter a registrar a rotina dos presos em um presídio de segurança máxima no Brasil, em 2002. Ao longo da carreira, entrevistou centenas de réus confessos e encontrou entre eles muitos inocentes presos. Conversou com familiares e advogados e teve acesso a processos em que o erro de apuração e a falta de provas criminalizaram inocentes. É voluntária do projeto de remição de pena pela literatura, uma parceria entre a editora Companhia das Letras e a Funap, órgão vinculado à Secretaria de Administração Penitenciária do Estado de São Paulo. Ganhou prêmios de jornalismo, entre eles o da Federação Nacional dos Jornalistas (FENAJ). Como escritora, fez a pós-graduação Formação de Escritores no Instituto Vera Cruz e ganhou o prêmio ProAC do Governo do Estado de São Paulo para a publicação do livro.

Edição e revisão Bruno Zeni
Capa, projeto gráfico e ilustração Sílvia Nastari
Preparação de texto Cláudia Ribeiro Mesquita

Dados Internacionais de Catalogação na Publicação (CIP)
(Laura Emilia da Silva Siqueira CRB 8-8127)

Série, Isabel.
Matraca. / Isabel Série ; capa e projeto gráfico, Sílvia Nastari.
1ª ed. — São Paulo: Editora Quelônio : 2020. (Coleção Valsa de Esquina, 9).168 p. ; 14 x 21,5 cm.

ISBN 978-85-93229-61-9

1.Ficção: Literatura brasileira 2. Literatura brasileira: romance I. Série, Isabel. II. Nastari, Sílvia.

CDU 821.134.3(81) CDD 869.93

Índices para catálogo sistemático:
1. Ficção: Literatura brasileira
869.93

Editora Quelônio

Rua Venâncio Aires, 1072
Vila Pompeia
05024-030
São Paulo - SP
www.quelonio.com.br

VALSA de esquina

Coleção de literatura brasileira contemporânea

VALSA
de esquina

/

A literatura atual desconhece limites de gênero, estilo ou tema: o romance se fragmenta, o conto e a crônica se enlaçam, indistintos, a ficção está permeada de memorialismo e fantasmagoria, a poesia deriva para o prosaico – ou retoma, ora sarcástica, ora elevada, o rigor formal. Nessa contradança contemporânea, a narrativa, a lírica, a crônica e a memória se atracam, furtivamente, em uma valsa desencontrada.

A coleção Valsa de Esquina toma emprestado o título de um conto de Dalton Trevisan, incluído em *Novelas nada exemplares*, primeiro livro do autor. Também presta homenagem às "Valsas de esquina" compostas para o piano por Francisco Mignone.

Fontes Neue Haas Unica Pro e Bembo
Impressão Bartira Gráfica
Tiragem 200 exemplares / 1ª reimpressão

Coleção Valsa de Esquina, volume 9
São Paulo, janeiro de 2020